中/华/少/年/信/仰/教/育/读/本

中国古代文学的故事

中华少年信仰教育读本编写委员会 / 编著

信仰创造英雄　信仰照亮人生

中国出版集团有限公司

世界图书出版公司
北京　广州　上海　西安

图书在版编目（CIP）数据

中国古代文学的故事 / 中华少年信仰教育读本编写委员会编著 . — 北京：世界图书出版公司，2016.5（2024.5 重印）
ISBN 978-7-5192-0878-3

Ⅰ.①中… Ⅱ.①中… Ⅲ.①中国文学—古代文学史—青少年读物 Ⅳ.① I209.2-49

中国版本图书馆 CIP 数据核字 (2016) 第 049120 号

书　　名	中国古代文学的故事
	ZHONGGUO GUDAI WENXUE DE GUSHI
编　　著	中华少年信仰教育读本编写委员会
总 策 划	吴　迪
责任编辑	张建民
特约编辑	邰迪新
出版发行	世界图书出版有限公司北京分公司
地　　址	北京市东城区朝内大街 137 号
邮　　编	100010
电　　话	010-64033507（总编室）　（售后）0431-80787855　13894825720
网　　址	http：//www.wpcbj.com.cn
邮　　箱	wpcbjst@vip.163.com
销　　售	新华书店及各大平台
印　　刷	北京一鑫印务有限责任公司
开　　本	165 mm×230 mm　1/16
印　　张	11.5
字　　数	150 千字
版　　次	2016 年 8 月第 1 版
印　　次	2024 年 5 月第 5 次印刷
国际书号	ISBN 978-7-5192-0878-3
定　　价	45.00 元

版权所有　翻印必究

（如发现印装质量问题或侵权线索，请与所购图书销售部门联系或调换）

序 言

信仰是什么？

列夫·托尔斯泰说："信仰是人生的动力。"

诗人惠特曼说："没有信仰，则没有名副其实的品行和生命；没有信仰，则没有名副其实的国土。"

信仰主要是指人们对某种理论、学说、主义或宗教的极度尊崇和信服，并把它作为自己的精神寄托和行动的榜样或指南。信仰在心理上表现为对某种事物或目标的向往、仰慕和追求，在行为上表现为在这种精神力量的支配下去解释、改造自然界和人类社会。

信仰，是一个人在任何时候都不能丢的最宝贵的精神力量。人有信仰，才会有希望、有力量，才会树立正确的价值观，沿着正确的道路前行，而不至于在多元的价值观和纷繁复杂的世界中迷失方向。

信仰一旦形成，会对人类和社会产生长期的影响。青少年是社会的希望和未来的建设者，让他们从普适意识形成之初就接受良好的信仰教育，可以令信仰更具持久性和深刻性，可以使他们在未来立足于社会而不败，亦可以使我们的伟大祖国永远立于世界民族之林。

事实上，信仰教育绝不是抽象的、概念化的教育，现实生活中，我们有无数可以借鉴的素材，它们是具体的、形象的、有形的、活生生的，甚至是有血有肉的。我们中华民族有着几千年的辉煌历史，多少仁人志士只为追求真理、捍卫真理，赴汤蹈火，前仆后继；多少文人骚客只为争取心中的一方净土，只为渴求心灵的自由逍遥，甘于寂寞，成就美名；多少爱国志士只为一个"义"字，不惜抛头颅、洒热血。他们如滚滚长江中的朵朵浪花，翻滚激荡，生生不息，荡人心魄。如果我们能继承和发扬这些精神和信仰，用"道"约束自己的行为，用"德"指导人生的方向，那么我们的文明必将更加灿烂，我们的国运必将更加昌盛。

正基于此，"中华少年信仰教育读本系列丛书"应运而生。除上述内容外，本丛书还收录了中国人民百年来反对外来侵略和压迫，反抗腐朽统治，争取民族独立和解放，前赴后继，浴血奋斗的精神和业绩，尤其是中国共产党领导全国人民为建立新中国而英勇奋斗的崇高精神和光辉业绩；不仅有中国历史上涌现出的著名爱国者、民族英雄、革命先烈和杰出人物，还有新中国成立以后涌现出的许许多多的英雄模范人物。

阅读这套丛书，能帮助青少年树立自己人生的良好的偶像观，能帮助青少年从小立下伟大的志向，能帮助青少年培养最基本的向善心，能帮助青少年自觉调节自己的行为，能帮助青少年锁定努力的方向，能帮助青少年增加行动的信心和勇气。

习近平总书记说："人民有信仰，民族才有希望，国家才有力量。"因此我们有理由相信：少年有信仰，国家必有希望。

中华少年信仰教育读本编写委员会

第一章　思想的鸣唱 / 001

上古的神话 / 001
《离骚》：政治抒情诗 / 009
《左传》：诸侯间的恩怨 / 014
说理的孟子 / 018
浪漫的逍遥情怀 / 022

第二章　大汉的史诗 / 028

汉赋圣手司马相如 / 028
与天地对话 / 032
政论家贾谊 / 038
史家之绝唱 / 043
千古常新的五言诗 / 047

第三章　魏晋的诗文 / 052

建安风骨 / 052
不拘礼法的竹林七贤 / 057
山水田园诗 / 063

第四章　盛世的赞歌 / 068

大唐的豪气 / 068
诗仙李白 / 072

诗圣杜甫 / 078

从宫庭到民间 / 084

深远的意境 / 088

柳宗元的游记 / 093

第五章　词韵的风流 / 097

千古风流人物 / 097

江西诗源的开创 / 101

大宋第一女词人 / 107

爱国诗人陆游 / 113

英雄失路的悲叹 / 120

第六章　人间的悲喜 / 124

沉重的散曲 / 124

元杂剧的代表 / 128

天下奇魁《西厢记》/ 133

传奇之祖《琵琶记》/ 138

四大传奇 / 142

汤显祖和《牡丹亭》/ 147

第七章　家国的话本 / 151

《三国演义》：历史的演义 / 151

《水浒传》：英雄的传奇 / 155

《西游记》：佛道的神话 / 160

《聊斋志异》：鬼狐的异化 / 165

《儒林外史》：官场的写真 / 169

《红楼梦》：世情的梦幻 / 173

第一章 思想的鸣唱

上古的神话

神话是人类最早的幻想性口头散文作品,是文学的先河。远古人民结群而居,在集体劳动和共同生活中,创造了原始工具、原始的音乐舞蹈以及符号图画文字,同时也创作了原始神话。神话产生于原始氏族社会,由于当时人类的认识水平非常低下,所以对于自然界的很多现象无法作出合理解释,只能将其解释为一些带有神秘色彩的神奇故事,这些神奇故事便是我们今天所听到的神话故事。

神话可以大致分为三类:创世神话、自然神话、英雄神话。其中以创世神话成就最为突出。

神话中的人物多数来自原始人类的形象。原始部落狩猎、农耕比较发达,所以由原始人类所创造的神话人物也大多与狩猎、农业有关。而他们所操持的工具也大多以刀斧、弓箭为主。

作为拥有五千年文明的古国，中国的古代神话源远流长，不仅记载早，品类多，而且不少古老的神话至今依然在民间流传，特别是在中原地区，一些远古的著名神话仍在流传，如盘古开天地、大禹治水、女娲补天、夸父逐日等。

创世神话是专指时间设定在人类原始时期，记载事物、制度起源的神话。一般还可粗分为世界起源神话、人类起源神话和文化起源神话等三种。

世界起源神话，顾名思义就是记述世界、宇宙起源的神话。中国典型的世界起源神话便是盘古开天地。

盘古开天地

传说在天地还没有开辟以前，天地间如同一个没有洞的口袋一样，它没有七窍，也不知道到底是个什么东西，于是给它起名为混沌。它有两个好友：一个叫倏，一个叫忽。有一天，倏和忽商量要为混沌

凿开七窍，混沌同意了，但是它却因为开这个七窍死了。

混沌死后，他的精气变成了以后的黄帝，在它的肚子里则孕育出了盘古。

盘古在混沌的肚子里一直酣睡了约一万八千年。醒来后，他发现周围一团黑暗，当他睁开蒙眬的睡眼，想伸展一下筋骨时，却被这个像口袋一样的黑暗物质紧紧包裹着。他感到浑身燥热不堪，呼吸非常困难，十分的难受。他不能忍受在这种环境中生存下去。于是他火冒三丈，勃然大怒，拔下自己一颗牙齿，把它变成威力巨大的神斧，抡起来用力向周围砍去。

"噼里啪啦……"一阵巨响过后，"口袋"中一股清新的气体散发开来，飘飘扬扬升到高处，变成天空；另外一些浑浊的东西缓缓下沉，变成了大地。从此，混沌不分的世界就一分为二，成为天和地，不再是漆黑一片、混沌不堪。然而看到这样的新世界之后，盘古仍不放心，他害怕天地再次合上，于是就站在天与地之间，头顶着天，脚踩着地，继续施展法术。自那以后，天每日升高一丈，地也每日加厚一丈。盘古的身体，也随着天的增高而每日长高一丈。这样，他顶天立地，直到天不能再高了，地也不能再厚了。但是盘古已耗尽了全身的力气,他缓缓睁开双眼,满怀深情地望了望自己亲手开辟的新天地——这样一个崭新的世界!他长长地吐出一口气,慢慢地躺在地上,闭上眼睛,与世长辞了。

然而,事情并没有结束,就在他临死之时,他嘴里呼出的气变成了天空的云雾;声音变成了天空的雷霆;左眼变成了太阳,照耀大地;右眼变成了皎洁的月亮,给夜晚带来光明;千万缕头发变成了漫天的星星,在夜空中闪耀着;鲜血变成了江河湖海,日夜不息的奔腾着;肌肉变成了千里沃野,万物在其中繁衍生息;骨骼变成了树木花草,点缀世界;筋脉变成了道路,供人们行走;牙齿变成了石头和金属;精髓变成了明亮的珍珠;汗水变成了雨露,滋润万物;而当他倒下的时候,他的头化作了东岳泰山,他的脚化作了西岳华山,他的左臂化作南岳衡山,他的右臂化作北岳恒山,他的腹部化作了中岳嵩山。就这样,原来空旷的大地,立即变成了充满生机的家园。

至于人类起源神话,中国自古以来流传最广的要算是女娲的故事了。

女娲造人

传说女娲是一个人首蛇身的女神。自盘古开天辟地以后,便在天地之间到处游历。她十分热爱树木花草,更加陶醉于那些富有朝气、活力的鸟兽虫鱼。打量了一番之后,她认为这个世界似乎还缺少点什么,有点不完整,仅仅有漫山的野草、成群的野兽、成帮的飞禽的世界未免有点太寂寞了。于是,她决定创造出比任何有生命之物都要卓越的生灵。就这样,当她飞过黄河,低头看见了自己美丽的影子时,便决定用河床上的泥,按照自己的形貌来捏泥人。

女娲心灵手巧,不一会儿就捏好了许多泥人。这些泥人几乎和她一样,只不过她给这些泥人做了与两手相配的双腿,用来代替蛇尾巴。她朝着那些小泥人吹了一口仙气，那些小泥人立刻被灌注了活力，"活"了起来，变成了一群能直立行走、能言会语、聪明灵巧的小东西，女娲称他们为"人"。为了将他们塑造成不一样的个体，她在其中一些人身上注入了阳气——自然界一种好斗的雄性要素，这就是男人的起源；而在另外一些人身上，她又注入了阴气——自然界一种柔顺的雌性素，这就是女人的来源。这些男男女女的"小人"围着女娲跳跃、欢呼，大地顿时充满了生机活力。

在这之后，女娲想让"人"遍布广阔的大地，但她觉得这样的速度太慢了。于是，她想出一条捷径，把一根绳子放进河底的淤泥里转动着，直到绳的下端整个儿裹上一层土。接着，她提起绳子向地面上一挥，凡是有泥点降落的地方，那些泥点就变成了一个个小人。女娲就这样创造了布满大地的人们。

其实各个民族的创世神话也是不同的。少数民族著名的创世神话有纳西族的人祖利恩，以及壮族的布洛陀与妹六甲等。有些神话还涉

及了民族起源的内容，将它们本民族起源和人类的起源认为是同时发生的。于是，透过这些神话，我们可以对世界的历史演进有清楚的认识，了解到世界是如何由混沌无序演变为充满秩序与规则的。

女娲补天

自然神话，是对自然界各种现象的解释。最为著名的便是"女娲补天"。

传说当人类在大地上繁衍起来以后，水神共工和火神祝融因为不合，打了起来。他们从天上一直打到地下，闹得到处不宁。虽然祝融胜了，但败了的共工却很不服，于是他一怒之下，把头撞向不周山，受到如此重创的不周山崩裂了。不周山是支撑天地的柱子，它的断裂就意味着天地之间的平衡出现了问题，天于是就塌下了半边，并且出现了一个大窟窿；地也凹陷出一道道大裂纹，山林烧起了大火，洪水从地底下喷涌出来，龙蛇猛兽也出来吞食人民。人间顷刻便处于了水深火热之间，面临着空前大灾难。

善良的神灵女娲目睹人类遭到如此奇祸，感到无比痛苦，于是决心用自己的力量终止这场灾难。她挑选了各种各样的五色石子，架起天地之火将它们熔化成了石浆，用这种石浆将残缺的天窟窿填好，随后又斩下一只大鳌的四脚，把它作为支撑天地的四根柱子，把倒塌的半边天支了起来。同时她还擒杀了残害人民的黑龙，刹住了龙蛇的嚣张气焰。最后为了堵住洪水不再漫流，她又收集了大量芦草，把它们烧成灰，埋塞向四处铺开的洪流。

经过女娲这样的一番辛劳整治，世界总算恢复了平静，人民又重新过着安乐的生活。但是这场特大的灾祸毕竟留下了痕迹。从那以后，天有些向西北倾斜，因此太阳、月亮和众星辰都很自然地归向西方，而大地又向东南倾斜，所以一切江河都往那里汇流。

英雄神话产生比创世神话及自然神话稍晚，表达了人类抵抗自然的愿望。"大禹治水"便是其中代表。

大禹治水

《山海经》《开筮》等古代文献中记载的鲧、禹神话，塑造了中国古代两位治水英雄。鲧在洪水滔天时没有听从天帝的命令，偷窃了帝的息壤来治理洪水，结果被处死在羽郊。三年了，尸体不但没有腐烂，还孕育出了另一位继续治理洪水的英雄——禹。禹疏导河川，平夷山岳，以更坚决的意志，在黄龙、玄龟的帮助下，获得成功。

禹是鲧的儿子，又名文命，字高密。相传生于西羌（现在的甘肃、宁夏、内蒙古南部一带），后来跟随父亲迁徙到了今天的河南登封附近。

尧在位的时候，黄河流域经常发生很大的水灾，庄稼被淹，房子被毁，老百姓只能搬往高处居住。尧作为一个部落的首领，经常召开部落联盟会议，商量治水的问题。他征求四方部落首领的意见，

想要在他们之中举荐出一位能治水的能人。部落首领们推荐了鲧。

鲧花了九年时间去治理洪水，但并没有把洪水制服。因为他只懂得治标，水来土掩，造堤筑坝，并不能从根本上治理洪水。洪水不断上涨，冲塌了堤坝，水灾反而闹得更凶了。舜成为部落联盟首领以后，亲自到治水的地方去考察。他发现鲧办事不力，"堵"这个办法根本不行，于是就把鲧杀了；任命鲧的儿子禹去治水。

禹的做法不同于其父亲，采取了"疏"的方法。当时，黄河中游有一座龙门山，它堵塞了河水的去路，把河道挤得十分狭窄。奔腾东下的河水受到龙门山的阻挡，常常溢出河道，发生水灾。禹到了那里，观察好地形，带领人们开凿龙门，经过众人的不懈努力，终于把这座大山凿开了一个大口子。这样，禹用开渠排水、疏通河道的办法，把洪水引到大海中去。他和老百姓这样一起劳动了十三年，甚至三过家门而不入，才使得百姓不再受水患之苦。

中国上古神话源远流长，它不仅给中国历史留下了一笔宝贵的精神财富，也为中国文学史做出了一定的贡献。也就是说，中国的神话在人民口头创作史上，甚至于文学创作史上都占有重要位置。

《离骚》：政治抒情诗

屈原，名平，字原，是战国时期伟大的浪漫主义、爱国主义诗人。他是楚国贵族，早年受楚怀王信任，担任左徒之职，主持国家大事。他主张制定法纪，选用有才能的人，联合齐国来共同抵抗秦国。之后由于受到贵族的排挤，不被重用，最后被流放，自沉于汨罗江。作为战国时期诗人的重要代表，屈原创立了"楚辞"这种文体，也被誉为"衣被词人"。

《离骚》是屈原的代表作，是中国古代诗歌史上最长的一首浪漫主义的政治抒情诗。由于其中抒写了诗人的身世、思想和境遇，因此也有人把它看做屈原生活历程的形象记录，称它为屈原的自叙传。

屈原的一生共经历了楚威王、楚怀王、顷襄王三个时期，而主要活动是在楚怀王时期，这个时期正是中国即将实现大一统的前夕。屈原因为出身贵族，知识广博，记忆力强，擅长外交，得到了楚怀王的重用。

当时，屈原对内谋划商讨国家大事，颁发号令；对外接待宾客，应酬答对各国诸侯。然而这却遭到了以楚国公子子兰为首的贵族势力的嫉妒和忌恨，于是他们常常在怀王面前说屈原的坏话。说他独断专权，嚣张跋扈，根本不把怀王放在眼里。挑拨的人多了，怀王对屈原渐渐不满起来，以致疏远了他。不久，屈原被免去左徒之职，转任三闾大夫，掌管贵族子弟教育等一些琐碎的事务。

随后发生的一件事，可谓彻底改变了屈原的一生。当时，楚国和齐国是盟友，相约共同对抗秦国。秦相张仪认为，在六国中，齐

楚两国最有力量，只要离间这两国，秦国就可以各个击破了。于是他主动请缨，愿意亲自去拆散齐楚联盟。秦王大喜，准备了大量金银财宝，交给张仪带去。张仪将相印交还秦王，伪装辞去秦国相位，向楚国出发。张仪到了郢都，先去拜访了屈原，想用秦国的强大和秦楚联合对双方好处为诱惑，吸引屈原将联盟解散，没想到遭到了屈原的严词拒绝。

张仪没达到目的，又跑去找公子子兰。他告诉子兰说："因为有了齐楚联盟，所以楚怀王才信任屈原，只要拆散了联盟，屈原自然就会失宠。"子兰心动，又引他拜见了怀王最宠爱的王后郑袖。张仪把一双价值万金的白璧，献给了郑袖。那白璧的宝光，照花了楚国王后的眼睛，她欣然表示，愿意促成秦楚联盟。

为此，子兰制订了周密的计划：诬陷屈原向张仪索取贿赂，由郑袖在怀王面前透出这个风声。张仪布置停当，就托子兰引见怀王。他劝怀王绝齐联秦，列举了很多好处。最后道："只要大王愿意，秦王已经准备了六百里土地献给楚国。"怀王是个贪心的人，听说可以不费吹灰之力得到六百里土地，大喜。回到宫中，立即告诉了郑袖。郑袖向他道喜，可又皱起眉头："听说屈原向张仪索取一双白璧未成，怕要反对这事呢！"怀王听了，半信半疑。

第二天，怀王摆下酒席，招待张仪。席间讨论起秦楚友好，屈原果然猛烈反对，与子兰、靳尚进行了激烈争论。他说："放弃了齐楚联盟，就给秦国以可乘之机，这是楚国生死存亡的事情啊！"他走到怀王面前大声说："大王，不能相信呀！张仪是秦国派来拆散联盟、孤立楚国的，万万相信不得……"怀王想起郑袖所说，果然屈原竭力反对秦楚和好，于是大怒，命武士将屈原拉出宫门，彻底疏远了他。

楚怀王听信了张仪的鬼话，同齐国绝交，并派使者到秦国，接受秦国所允诺割让的土地。然而张仪却反悔了，他欺骗楚国使者说："我同楚王约定是六里，没说给六百里。"楚国的使者回来如实报告楚怀王。怀王一怒之下便调动军队去攻打秦国。秦国派兵迎击，在丹水、淅水把楚军打得大败，杀死八万楚军，俘虏楚大将屈匄，夺取了楚国的汉中地区。

第二年，秦国又拿割地的

011

借口来同楚国谈判。楚王于是对使者说:"我不要土地,只要张仪。"张仪听说了,就对秦王说:"用一个张仪可抵当汉中土地,臣愿前往楚国。"到了楚国后,张仪又凭借丰厚的礼物贿赂楚国当权的大臣靳尚,还让他对怀王的宠妃郑袖编造了一套骗人的假话。怀王再次听信了郑袖的话,放走了张仪。这时屈原已被疏远,又恰好出使齐国。回来后,屈原劝谏怀王说:"为什么不杀张仪?"怀王后悔了,派人追赶张仪,却已经晚了。

后来,秦昭王和楚国通婚,要同怀王会见。怀王打算前往,屈原说:"秦国是虎狼一样的国家,不可以相信。不如不去。"怀王的小儿子子兰却说道:"为什么要断绝和秦国的友好关系?"怀王终于去了。进入秦地后,秦国的伏兵截断了归楚的后路,扣留了怀王,要求割让土地交换。最后怀王身死异国。

楚怀王的大儿子顷襄王继位做国君,他的弟弟子兰做令尹。因为奸臣的诋毁,屈原再一次被流放荒野。

屈原虽然很冤枉,但也无可奈何。满心的忧郁和愁思,使他写下千古绝唱《离骚》。他把对楚国的忧愁和自己的怨愤都写了进去。"离骚"就是遭遇忧愁的意思。他想到自己正大光明、竭尽忠心来侍奉楚王，却被小人离间，可以说处境很困难。这样的诚信却被怀疑，这样的忠贞却被诽谤，能没有怨愤吗？

屈原作《离骚》，是从怨愤引起的。他远古提到帝喾，近古提到齐桓公，中古提到商汤、周武王，利用古代帝王这些事讽刺当世社会。他的文章简约，语言含蓄，他的志趣高洁，行为正直。就其文字来看，不过是寻常事情，但是它的旨趣是极大的，列举的虽是平常事物，但是表达意思很深远。他的志趣高洁，所以作品中多用美人芳草作比喻；他的行为正直，所以至死不容于世。他自动地远离污泥浊水，像蝉脱壳那样摆脱污秽环境，以便超脱世俗之外，不沾染尘世的污垢，出于污泥而不染，依旧保持高洁的品德，推究这种志行，即使同日月争光都可以。

不久，由秦将白起攻破楚都郢。此时的屈原早已心如死灰，披散着头发沿水边边走边吟唱，脸色憔悴，形体和容貌都像干枯的树木一样。他仰天慨叹说："举世皆浊，唯我独清。举世皆醉，唯我独醒。"语罢，写下《怀沙》赋，跳进了汨罗江。

屈原是中国文学史上第一位留下姓名的爱国诗人。他被世人称为"诗歌之父"。他的出现，标志着中国诗歌进入了一个由集体歌唱到个人独唱的新时代。他为后世留下了许多不朽名篇。其作品文字华丽，想象奇特，比喻新奇，内涵深刻，成为中国文学的起源之一。

汉代时，刘向把屈原的作品及宋玉等人"承袭屈赋"的作品编辑成集，名为《楚辞》，并成为继《诗经》以后，对中国文学具有深远影响的一部诗歌总集。同时，它也是中国第一部浪漫主义诗歌总集。

《左传》：诸侯间的恩怨

《左传》是《春秋左氏传》的简称，原名《左氏春秋》，作者是春秋末年的左丘明。《左传》是为注解《春秋》而作，是一本编年体史书，记叙了从鲁隐公元年（前722年）到鲁悼公十四年（前453年）间，春秋各国发生的事情，是儒家的经典作品之一，也是先秦叙事散文的代表，具有极高的文学成就。

《左传》的作者左丘明，是春秋时期的史学家。他学识渊博，博览群书，上知天文，下知地理，对文学、历史也很有研究，加之为人坦荡，品德高尚，深得孔子的称赞。在左丘明任鲁国太史期间，他呕心沥血，用了三十多年的时间，写出了时间跨度长达两百多年，足有18万余字的《左传》。

《左传》是一部重要的典籍，它以《春秋》记录鲁国十二公的次序记录了诸侯国之间的恩恩怨怨，包括交往、结盟、战争等事件，还记录了很多国君的成长历程。通过这些记录，周王室的兴盛、衰微以及诸侯争霸的历史都在书中体现了出来，对当时的周王室的礼乐制度、典章规范、社会风俗等都有记述和评论。

作为一部叙事体散文著作，《左传》的叙事非常有特色。《左传》的情节结构主要是按照时间顺序来展开的，纵观整部《左传》，顺叙的叙事方式占据着主导，但也会有倒叙、插叙、补叙这样的叙事方法，使得叙述完整而又生动。比如在《郑伯克段于鄢》中，在讲完了郑伯打败了共叔段后，又补叙了郑伯将母亲放出来，和她在隧道中相见的场景，让前面讲的故事又重新出现，有了一个完整的结尾。

除了采用不同的叙事方式，《左传》的叙事还比较注重详略的安排。在叙述中，《左传》比较详细地记录了鲁襄公和鲁昭公在位时的事情，这段历史在整部《左传》中占了一半的篇幅。对于各个诸侯国，《左传》所用的笔墨篇幅也各不相同，记录最详细的是晋国。《左传》十分详细地记录了在晋文公身上发生的事情和晋国的兴衰。

在具体的事件上，《左传》也比较注重故事的可读性，进行了详略的安排。比如在《城濮之战》中，作者把大量的笔墨都用在了描写战争准备上，全篇一半以上都是在交代战争的背景以及双方的准备，为后面战争的胜负埋下了伏笔。

《城濮之战》用大量篇幅描写晋文公是一位贤明的君主，他不仅亲自整顿军容军纪，还能够严格律己，安抚军心，同时他愿意倾听臣下的意见，使得全军上下人人钦佩，从而能够齐心协力。相比之下，楚方则是君臣意

见不能统一，主将子玉骄横跋扈，一意孤行，对战争形势没有清晰的认识，盲目出兵攻打晋国。

文中对战争当时的场面描写比较简略，但是对于城濮之战的结果则写得很全面，不仅写了晋师大胜，晋文公确立霸主地位，而且还写了战争所带来的一系列影响：楚国战将子玉十分羞愧，最终自杀，晋文公回国后依然保持着自己的作风，公平地奖赏功劳，惩罚罪过。这样的结尾让整场战争从开始到结束都十分完整。

说到战争，《左传》一书，记录了大大小小几百次战争，城濮之战、崤之战、邲之战、鞌之战、鄢陵之战等大战的描述历来为人所称道。《左传》所描写的战争笔力纵横，千变万化，有因有果，从战事的酝酿开始写起，有时还有战前双方的对话、各自的谋略，战时激烈的搏杀，战争形势的变化，战后胜负的结局，以及各自对战果的处理等，都表现得淋漓尽致，让人仿佛身临其境。

在情节气氛的表现上，《左传》中有许多环境和对话的描写都是在渲染战争气氛，烘托战争场面。比如在《齐晋鞌之战》中：

"郤克伤于矢，流血及屦，未绝鼓音，曰：'余病矣！'张侯曰：'自始合，而矢贯余手及肘，余折以御，左轮朱殷，岂敢言病？吾子忍之！'缓曰：'自始合，苟有险，余必下推车，子岂识之？然子病矣。'张侯曰：'师之耳目，在吾旗鼓，进退从之。此车一人殿之，可以集事，若之何其以病，败君之大事也？擐甲执兵，固即死也。病未及死，吾子勉之。'左并辔，右援枹而鼓，马逸不能止，师从之。齐师败绩。逐之，三周华不注。"

这些对话体现出了战争的残酷和激烈，同时也表现出晋国君臣同仇敌忾，英勇无畏，为最后的胜利埋下了伏笔。

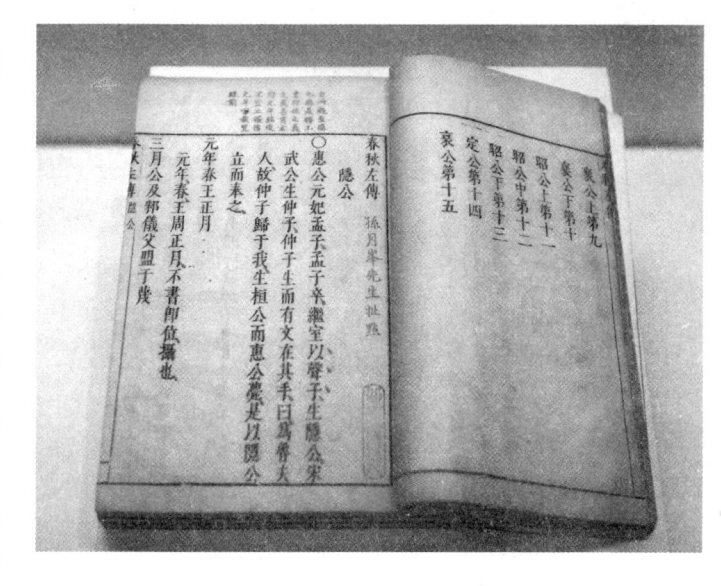

在人物形象刻画方面,《左传》与《史记》不同,它是一部编年体通史,涉及的人物众多,而且每个故事都不是以人物为中心而是以时间为轴线展开的。因此,作者别出心裁地把人物融入到事件当中,通过事件、对话来展现人物的性格。

比如在《齐晋鞌之战》中,对于逢丑父这个人,作者就是通过一个细节来刻画他的形象的。在齐国被打败后,逢丑父知道齐王会被俘,于是他和齐王交换了位置,让赶来的韩厥误以为逢丑父是齐王,于是把逢丑父带走了。当晋国郤克想要杀逢丑父时,逢丑父高呼:"自今无有代其君任患者,有一于此,将为戮乎!"意思是说从今往后没有会替君而死的人了,现在有一个,还要被杀掉吗?郤克深受感动,于是放了逢丑父。通过这件小事,逢丑父为人忠义的形象就跃然纸上了。

在《左传》中,不仅有记事,还有记言。一些行文辞令、向国君劝谏之辞都被写得十分生动。如"烛之武退秦师"中,烛之武思维敏捷,伶牙俐齿,面对秦晋联合起来出兵攻打郑国的局面,烛之武勇敢地作为郑使去游说秦伯。他见到秦伯后,首先说"郑既知亡矣",来放低自己的身份,放松秦伯的警惕。接着,他分析了秦、晋、郑三国之间的利害关系,告诉秦伯如果和晋国联手灭掉了郑国,对秦国并没有好处,反而是便宜了晋国:"亡郑以陪邻,邻之厚,

017

君之薄也。"然后烛之武又从另一个角度说,如果秦国和郑国联合,那么则是对双方都有益无害:"若舍郑以为东道主,行李之往来,共其乏困,君亦无所害。"最后,烛之武还提醒秦伯,昔日晋对秦曾经忘恩负义,从而使得秦伯更加相信烛之武的说辞。烛之武通过自己的聪明才智,从多方面说服秦伯,最终使他不但退兵,还站在了郑国一边,让秦国的将领来帮助郑国守卫边疆。晋人无奈之下也只好退兵,郑国免遭亡国之苦,得以保全。这一结果正符合烛之武的预想,充分显示了烛之武说辞的力量。

《左传》创立了一种新的评论形式,即在叙事中或叙事结束后加一段议论,以"君子曰""孔子曰"等开头,用几句简单的话,来对文中描写的事件或人物作出评价。这种形式,让作者的观点更加鲜明,能够直接表现出作者对事件的看法,也在一定程度上影响到读者的看法。

《左传》虽是历史著作,但与《尚书》《春秋》有所不同,其"情韵并美,文彩照耀",是先秦时期最具文学色彩的历史散文。

说理的孟子

孟子,名轲,字子舆,邹国(今山东邹县)人,是战国时期著名的思想家、政治家,是继孔子之后儒家学说的集大成者,被后世尊称为"亚圣"。

孟子说理畅达,善于论辩,他在理想抱负、教授门徒与周游列国的经历上也与孔子有颇多的相似之处。孟轲善于运用现实中浅显易懂的道理将事物进行对比,也正是这种对比的熟练运用,使得他的言辞犀利且有力量，往往一针见血，于是便有了"善辩"的评价。

孟子所处的战国时期，是一个列国纷争、刀刃相见、战乱不息的时代，当时的社会风气唯利是图，名利欲望泛滥成灾，道德伦理沦丧殆尽。作为思想家的孟子，在中年以后，充满了忧国忧民和宏图抱负。他开始周游列国，宣扬"仁政""民贵""内贤外王"的王道思想，想以此来拯救陷于水深火热之中的人民和社会。然而在诸侯纷争的乱世，他的学说是不可能被统治者所接受的。

在他离开齐国以后，有人开始说他的坏话："孟子早就知道齐王是当不成商汤周武的，居然还不远千里而来，可见得是他贪图富贵。后来与齐王发生了意见争执之后，又不马上走，在昼邑住了三天三夜才离去，这样的难舍富贵，真叫人厌恶啊。"孟子听到别人的这一番评论，叹口气道："这些人哪里能了解我呢？去见齐王，我是自愿的；离开齐王，我却是被迫的啊，我本是想说服齐王的！我拖了三天才走，是希望齐王能悔悟赶来挽留我。齐王本性还算善良，如果他肯用我的'仁政''民贵'思想来行王道，那么天下百姓就都有福了，我这哪是为图名利呢？"

离开了齐国后，无可奈何的孟子只好转往宋国求取机会。他不计较外界的误解，也不会因再三的失败而气馁，该做的，他会尽力去做；当说的，他也勇敢地说。当孟子来到宋国时，宋国有个大夫正准备向宋王上书，他说道："免除关卡和市场上的捐税，今年还办不到，那就把旧税先减轻一点，明年再正式废除。"当他得知孟子已来到宋国时，便前去请教孟子的看法。孟子听完他的想法之后回答说："这就像有个人每天偷邻居的一只鸡，有人告诉他这件事不应该，他说：'这样吧，那我每月偷一只鸡，明年就洗手不干了。'既然明明知道错了，干吗要等到明年？"听了孟子的话，那个大夫才恍然大悟，于是立刻将原来的奏章撤下，重新上书道："民众生活艰难，请大王立刻免除关卡和市场上的捐税。"这件事之后，孟子又到了滕国、鲁国，因为当时的国君都喜欢用纵横家，所以孟子在这些国家都没有得到发展的机会。

　　孟子在周游列国的过程中曾批评有些人只知谄媚讨好君王，而不顾人民的福利，十分无耻，于是一有机会，孟子就和这些人辩论。他口才好，雄辩滔滔，于是有人就说："孟子这个人啊，就是欢喜和别人争个没完。"孟子听了后哭笑不得，无奈道："我哪里是喜欢辩论呢？我是不得已的啊，我如果不这样辩解，又怎么会有人能理解、听取我的主张啊。"

　　失意的他便隐退著书，创作了先秦说理散文的代表作品《孟子》七篇。

　　《孟子》的突出特点就是"好辩"。它在"仁政"和"性善"的基础上，讲究理大而言顺，注重说理严密的逻辑性以及排比句式的广泛运用，语言风格铺张扬厉，纵横恣肆，表面看来似乎随心所

欲，散漫无纪，实则段落分明，层次井然，而且环环紧扣，不可分割。气势充沛，音调铿锵，极大增强了文字的感染力。例如《孟子·公孙丑》中的这一段话："五百年必有王者兴，其间必有名世者。由周而来，七百有余岁矣。以其数，则过矣；以其时考之，则可矣。夫天未欲平治天下也；如欲平治天下，当今之世，舍我其谁也？"说理既顺畅，又充满了磅礴的气势。

纵观孟子生平及他的所著《孟子》一书，我们可以看到一个善辩的孟子，他说："如欲平治天下，当今之世，舍我其谁也？"；我们也可看到一个有远大抱负的孟子，他说："穷则独善其身，达则兼善天下"；我们还可以看到一位有理性、有思考的孟子，他说："尽信书，则不如无书。"

正是因为这样一个充满魅力的孟子，《孟子》一书自产生之日起就被历代的读书人学习和诵读，人们在其中寻找人生的理想并探寻治国之道。

自两宋以来直至明清，《孟子》

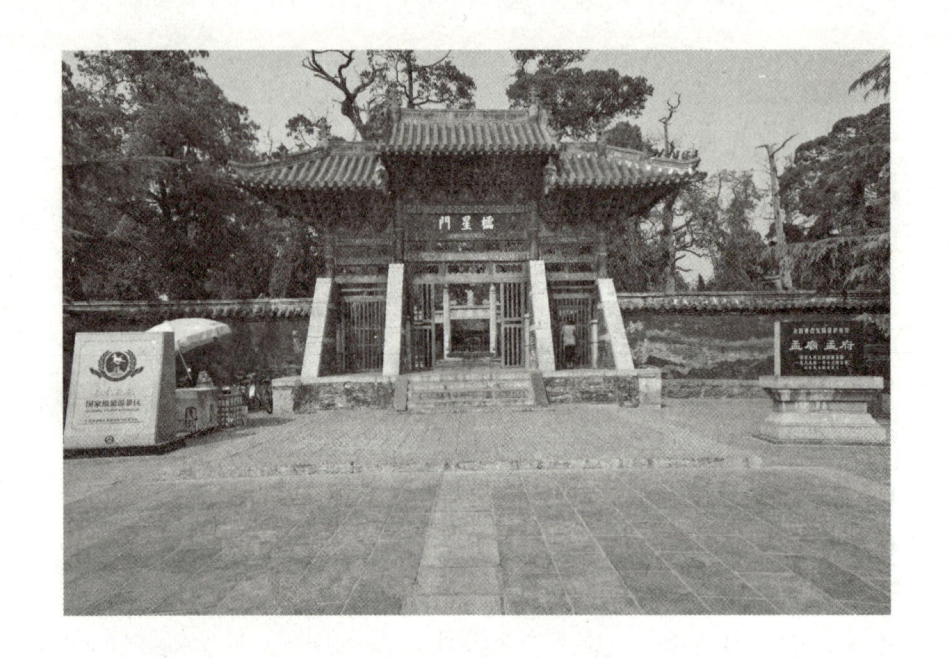

一书都被列为国家考试的必读书目。它激励并滋养了一代又一代的文人，给他们的文学创作带来了巨大影响。孟子曾经说道，古代的贤者是"以其昭昭使人昭昭"，即通过自己的努力学习来教导他人，让他人明白道理。从历史的长河看来，孟子确实做到了这一点，他以自己的"昭昭"照亮了整个中华文化的府库，这是他不朽的功绩。

浪漫的逍遥情怀

　　北冥有鱼，其名为鲲。鲲之大，不知其几千里也。化而为鸟，其名为鹏。鹏之背，不知其几千里也。怒而飞，其翼若垂天之云。是鸟也，海运则将徙于南冥。南冥者，天池也。

　　以《逍遥游》为开篇，庄子向世人展示了一种超越时空局限和物我分别的超然境界，恢诡谲怪，奇幻异常，变化万千。

庄子，名周，战国时代蒙地人，曾任蒙县漆园地方的小职员。他学识渊博，研究的范围也十分广泛；他继承了老子的道家思想，其著述大都用寓言的形式展开。他所写的很多文章，都是虚构的，没有事实根据，有时更是通过挖苦儒家和墨家的学者，来阐发道家的观点。纵使是当时的通儒硕学，也免不了遭受他的批评。他说话口无遮拦，因此许多王公大臣都不敢重用他。他有感于社会现实的艰险和人性的异化，热切地向往并积极地追求绝对自由的人生理想和"至善之世"的社会。这也正是他浪漫逍遥情怀的核心之所在。

庄子的浪漫主要表现在他的"逍遥"上，内篇首篇《逍遥游》的主旨就是主张追求无所待而游于无穷的绝对自由——"逍遥游"，即超脱现实世界一切物类和人类皆有所待而不得自由之困境，摆脱一切束缚，不要任何凭借，"乘天地之正，而御六辩之气，以游无穷"，达到"至人无己，神人无功，圣人无名"那样绝对自由的精神境界。

在庄子看来，人应当不受任何束缚，自由自在地活动。同时还要超越时间和空间，摆脱客观现实的影响和制约，忘掉一切，在主观幻想中实现"逍遥"。庄子借用鲲鹏以及蜩鸠的寓言，由小鸠的无知，暗示写出俗人的浅陋、不识大体。而鲲鹏之大且志在远方，与蜩鸠之小且无知，作了一个明显的对比。这种对比所衬托出的便是庄子所主张的无待、无累、无患的"逍遥"境界，即绝对自由的精神状态。

"庄周梦蝶"可以说是庄子超脱世俗的浪漫情怀的极致之作。

有一天，庄周梦见自己变成了美丽的蝴蝶，真实生动，翩翩起舞，流连花丛之中。他觉得自己这样的姿态很美也很自在，已经完全超

023

脱了庄周自身。然而忽然醒来，惊异发现自己还是庄周，失望至极。庄子不知道是梦见自己变成了蝴蝶，还是蝴蝶做梦梦见自己变成了庄子，这样的纠结，已经不知道现实与虚幻的区别了。于是，庄子整日思考这个问题，恍然觉得自己是庄子，又恍然觉得自己是蝴蝶，在思绪混乱之间求教于老子。老子对他说："那庄子原本是混沌初分时一只白蝴蝶。上天第一天降下了露水，第二天就生长出了树木，树木繁荣，百花盛开。那只游离于百花之间的白蝴蝶，采取了百花、日月的精华，得了气候于是长生不死，翅如车轮，后来翩飞于瑶池，在偷采蟠桃花蕊之时，被王母娘娘位下守花的青鸾啄死了。但是它死后，精神并没有散去，于是托生于世，做了庄周。"庄子听后，如梦初醒，遂把世情荣辱得失看做行云流水。从此，庄子放弃了官职，开始周游列国探访"道"的境界。

　　这篇寓言在传达庄子逍遥超脱的浪漫情怀之外，还真切地表达了他对恶混的现实世界的不满和极端厌弃，对人性复归解放，精神

道德更高一层返璞归真的真切呼唤，以及对彻底变更现实社会，重建自由理想社会的深切希望和强烈的要求。

庄子的浪漫还有一个最主要、最鲜明的表现，那就是他奇特大胆、精彩绝伦的夸张手法。庄子为表现理想的需要，大量地运用了幻想、变型、虚幻、夸张等各种描写手法，其中的夸张奇特大胆，古今罕见。动辄鲲之大以几千里计，鹏飞以九万里数。寒暑更迭轻则以五百岁为春，八千年为秋。所有这些都是荒诞夸张的。

另外，在《外物》篇中写任公子钓鱼，以50头犍牛为鱼饵，其钩之大，竿之长，时之久，无不骇人听闻，简直就是一支举世无双的超级巨竿。写大鱼吞钩更是夸张至极，那场面无异于是氢弹爆炸，惊天动地，气势恢宏。写此鱼使从浙东到苍梧以北大半个中国的人们得以饱食，则更是让人瞠目结舌，惊怖其言，以为天方夜谭。还有外篇《则阳》篇中，将两个方圆几十万平方公里的大国萎缩为蜗牛的两个触角，而这两角之争则又是伏尸数万，这是多么令人匪夷所思的大手笔啊！

庄子还善于通过寓言来刻画人物形象，使其充满奇幻的浪漫之美。譬如《养生主》中的"庖丁解牛"。

有一个名叫庖丁的厨师，他是替梁惠王宰牛的屠夫。他宰牛的技术出神入化，只要他的手所接触的地方，肩所靠着的地方，脚所踩着的地方，膝所顶着的地方，都会发出皮骨相隔离的声音，而当刀子刺进去的时候，那响声就更大了。并且更让人新奇的就是这些声音都是很合音律的，尤其是同《桑林》《经首》这两首乐曲伴奏的舞蹈节奏更是十分的合拍。

梁惠王看到他如此神奇的技艺，不禁感叹说："庖丁啊！你的技术怎么会高明到这种程度呢？"

庖丁于是放下刀子回答说："臣下我所探究的并不仅仅是屠宰的技术，而是探求事物的规律。当初我刚开始学习宰牛的时候，对于牛体的结构还很生疏，眼睛看见的也只是整头的牛。但是经过我不懈的努力探索，三年之后，我眼睛看见的便是牛的内部肌理纹路，而不再是整头的牛了。所以现在宰牛的时候，臣下只需用精神去接触牛的身体，而不必再用眼睛去看，身体随着感觉挥舞着手中的屠刀，就能顺着牛体的肌理结构，劈开筋骨间大的空隙，将牛彻底分解开。技术高明的厨工每年换一把刀，是因为他们用刀子去割肉。技术一般的厨工每月换一把刀，是因为他们用刀子去砍骨头。现在臣下的这把刀已用了十九年，宰牛数千头，而刀口却像刚从磨刀石上磨出来的一样。这是因为我所用的宰牛刀从来就不会碰过经络相连的地方以及紧附在骨头上的肌肉和肌肉聚结的地方，更何况是股部的大骨。牛身上的骨节是有空隙的，可是刀刃却并不厚，用这样薄的刀刃刺入有空隙的骨节，那么在运转刀刃时一定宽绰有余了，因此用了十九年而刀刃仍像刚从磨刀石上磨出来一样。虽然如此，可是每当碰上筋骨交错的地方，我还是会十分警惧且小心翼翼、

聚精会神地将动作放慢。将刀子轻轻地动一下，骨肉就已经分离，全部散落在地上了。这就是我每次屠宰完之后就会得意地环顾四下，显出一副悠然自得、心满意足的样子的原因了。"

梁惠王听后哈哈大笑道："好啊！庖丁的这一番话让我学到了养生之道啊。"

运用细致的描写，庄子明快而富有诗意地写出了庖丁解牛技艺的高超以及他之所以达到这种成就的原因，甚至还将庖丁解牛时娴熟优美的动作姿势以及轻巧进刀时的和谐悦耳之声，惟妙惟肖地描绘了出来，这是在展示一个潜心于道的庖丁的形象。它既赋有浪漫色彩，还有一定的现实性，极大地表现了庄子恣意挥洒的奇特笔法和含蓄内敛的讥讽某些社会现实的浪漫手法。

总之，庄子通过他独有的奇特、夸张、充满想象力的艺术创造手法，向我们展示了一个又一个他理想中的精神世界。无论是叙事、说理还是虚构夸张，其笔端都是饱含着深情的，在他的笔下所有的人、物、事的描写，或悠闲，或激扬，或平淡，或炽烈，或褒扬，或讥讽，虽诡怪奇特，但是无不表现出实质深沉、超凡入化的浪漫情怀，是先秦浪漫散文的最高成就。

第二章 大汉的史诗

汉赋圣手司马相如

司马相如,生于公元前179年,卒于公元前118年,字长卿,汉族,他是中国文学史上的杰出代表,是西汉武帝时代有名的政治家、文学家。

他原名司马长卿,后来因为仰慕战国时代的名相蔺相如,改名为司马相如。他在辞赋上面有很高的造诣,代表作有《子虚赋》《上林赋》等。他所作的辞赋有很明显的特点,具有华丽的辞藻和宏大的架构。司马相如一生风流倜傥,他与卓文君的爱情故事也传为千古佳话。后人给了司马相如很高的评价,鲁迅先生在《汉文学史纲要》中指出:"武帝时文人,赋莫若司马相如,文莫若司马迁"。

司马相如在少年的时候喜欢读书和练剑,二十多岁就做了汉景帝的武骑常侍,也就是贴身警卫。不过这些并不是他喜欢的东西,在这个职

位上他也并没有受到重用。而汉景帝对辞赋也并没有什么兴趣，因此他经常感叹自己没有遇到知音。苦恼之余，司马相如辞官投靠梁孝王刘武，因此得以与邹阳、枚乘、庄忌等一批志趣相投的文士共事，正是这一时期，他为梁王写了著名的《子虚赋》。

这篇赋描写的是楚国的子虚先生跟随齐王出去打猎，齐王向子虚先生问起楚国的情况如何，子虚先生极力夸张楚国的广大丰饶，而旁边的乌有先生十分不服气，就用齐国的大海名山、异方殊类，来与子虚先生编造的东西比较。《子虚赋》通过极其华丽的辞藻，用浩大的笔法张扬大国风采、帝王气象。

梁孝王刘武去世后，司马相如回到四川临邛，重新过上了清贫的生活。就是在这期间，司马相如遇到了当地富人之女卓文君，两人共同演绎出一段"凤求凰"的佳话。

卓文君的父亲卓王孙得知了司马相如的才华，于是设宴邀请司马相如。席上，司马相如用一曲《凤求凰》表达了对卓王孙的女儿卓文君的爱慕之情：

"凤兮凤兮归故乡，遨游四海求其凰。时未遇兮无所将，何悟今兮升斯堂！有艳淑女在闺房，室迩人遐毒我肠。何缘交颈为鸳鸯，胡颉颃兮共翱翔！凰兮凰兮从我栖，得托孳尾永为妃。交情通意心和谐，中夜相从知者谁？双翼俱起翻高飞，无感我思使余悲。"

卓文君听懂了司马相如的琴声，在门缝里偷看他，为他的才华和气质而倾心，于是芳心暗许，趁夜色与司马相如私奔到成都。卓王孙知道这件事后非常生气，表示不会给女儿一分钱来养家糊口。司马相如和卓文君初到成都，因为没有经济来源，生活十分贫困，家徒四壁。在卓文君的提议下，他们又回到了临邛，在父亲的门前开了一家酒垆，每天谈笑风生，生意兴隆。卓王孙起初十分气恼，但是在亲戚朋友的劝说下，再加上自己也心疼女儿，终于同意帮助他们，于是他们在成都置办了田地，从此过起了富足的生活。

司马相如与卓文君追求自由爱情的行为，成为了冲破封建礼教，自由恋爱的爱情经典，被誉为"世界十大经典爱情之首"，闻名中外。后人则根据他二人的爱情故事，谱得琴曲《凤求凰》，流传至今。

汉景帝去世后，汉武帝刘彻即位。在偶然的情况下，汉武帝看到了司马相如之前作的《子虚赋》，大为赞赏，以为这样的文笔只能出自古人之手，经人奏报才知道是出于一个当代的年青才子之笔。武帝一听十分惊喜，马上召他进京。司马相如见到武帝后，向他表示，《子虚赋》写的只是诸侯打猎的事，并没有什么稀奇之处，想要再作一篇天子打猎的文章，于是就有了内容上与《子虚赋》相接的《上林赋》。作为《子虚赋》的姊妹篇，《上林赋》不仅内容上衔接得天衣无缝，文字辞藻也更华美壮丽。

司马相如在《上林赋》中构造了具有恢宏巨丽之美的文学意象，抒发了对帝王之气的赞美：

"左苍梧，右西极。丹水更其南，紫渊径其北。终始灞浐，出入泾渭；酆镐潦潏，纡馀委蛇，经营乎其内。荡荡乎八川分流，相背而异态。东西南北，驰骛往来，出乎椒丘之阙,行乎洲淤之浦,经乎桂林之中,过乎泱漭之野。"

这一段话描写的是上林苑的风貌:上林苑左边是苍梧,右边是西极,丹水流过它的南方,紫渊流经它的北方;灞水和浐水始终没有流出上林,泾水和渭水流进来又流出去;酆水、鄗水、潦水、潏水,曲折蜿蜒,在上林苑中盘旋逶迤。浩浩荡荡的八条河川,相背而流,姿态各异,东西南北,往来奔驰,从椒丘的山谷中流出,流在沙石堆积的沙洲上,穿过桂树之林,流过茫茫无垠的原野。司马相如只用了一小段话,就充分描写出了上林苑之广大,阔大雄奇的境界也由此可见。通过这种描写,进而赞美了国家的强盛富庶,歌颂了君王的功德。

汉武帝读完《上林赋》之后非常高兴,立刻封他为侍从郎。建元六年,即公元前135年,司马相如奉命去巴蜀地区安抚民心,他在那儿发布了一张《谕巴蜀檄》的公告,并采取恩威并施的手段,收到了良好的效果。后又因平定南夷有功而受赏。

在司马相如被授官为汉文帝的陵园令期间,他看出皇上喜爱仙道,趁机说自己曾经写过《大人赋》,还没有写完,请求写完后献给皇上。在这篇赋中,司马相如用"大人"隐喻天子,赋中描写"大人"游览天庭,与天庭的仙人交游,身边的侍从都是群仙,陪同他去造访尧帝、舜帝和西王母,腾云驾雾,乘风凌波,长生不死,逍遥自在,迎合了汉武帝喜好神仙,求长生不死的心理。

元狩五年,即公元前118年,司马相如因病辞官,住在茂陵。天子因担心司马相如的书会丢失,于是便派人前往茂陵找他。但此时司马相如已经死去,而家中没有书。向他的妻子问起此事,她回答说司马相如写的书,随时写出随时就会被取走,因此家里从来不曾有书。卓文君将司马相如死前写的一卷书献上,这是司马相如早就料到会有使者来取书特意准备的,这本书写的是有关封禅的事。

司马相如还写过一篇《长门赋》，这是受到被打入冷宫的陈阿娇皇后所托而作的。

汉武帝时，皇后陈阿娇被打入长门宫，这表示她以后不会再受到皇上的宠爱，为此她十分的伤心，每晚辗转反侧，终于想出一个办法。她花了很多钱托司马相如帮她写一篇赋劝劝皇帝，希望皇帝看到后能够回心转意。这篇赋在开头描写了陈皇后在深宫独处的痛苦，每天神情恍惚，郁郁寡欢。接下来，司马相如十分巧妙地解释了她这种困境的原因，是因为武帝喜新厌旧，"玩乐而遗忘，当年金屋在，今已空悠悠"。用"饮食乐而忘人、交得意而相亲"这短短十二字，表达了对皇帝喜新厌旧，无情抛弃自己的怨恨和无奈的自怜。接下来，司马相如用景物来写物是人非的悲伤。整篇赋一气呵成，辞藻华丽，精雕细琢，字字珠玑，读之感人至深。只可惜，辞赋虽然华美，却终未能使武帝回心转意。

司马相如为汉赋这一文体奠定了基础，他的审美观念、对于赋的美学原理的开拓对后世都有着重要的作用。他被班固、刘勰称为"辞宗"，被林文轩、王应麟等学者称为"赋圣"。无怪乎杨雄在欣赏他的赋作后，赞叹说："长卿赋不似从人间来，其神化所至邪！"

与天地对话

提到张衡，大部分人首先会想到这是一位著名的天文学家，他发明的地动仪，是世界上第一架预测地震的仪器。其实，张衡不仅在天文学方面有很高的造诣，在文学、数学等方面都有着非凡的才能。

张衡，东汉章帝建初三年出生在一个官僚家庭，不幸的是幼年时家境已经逐渐衰落。但正因为如此，张衡才有机会从小就接触到社会底层民众，了解他们的生活状况和生产需求，这对他后来的成就有很大的帮助。

张衡作为一名著名的科学家，是东汉浑天说的代表人物，制造了世界历史上第一台较为精准的浑天仪。张衡坚持对宇宙星空进行观测，他一生观测记录了两千五百颗恒星，通过观察，他发现月球本身是不发光的，只是在反射太阳的光线，从而正确解释了月食的成因。他最广为人知的成就是制造了第一架预测地震的地动仪，这台地动仪曾经成功预测过地震，只可惜后来损毁失传。

张衡的文学成就也建立在他的科学成就的基础上。他的天文著作《灵宪》探讨了宇宙的起源、演化等问题，还讨论了关于宇宙的无限性、天地的结构、五星的运动等问题。《灵宪》是中国古代一篇杰出的天文学著作，虽然其中的一些理论并不是十分系统，但是它所研究和记载的一些内容对以后科学的发展有着十分重要的作用，可以代表那个时代的最高水平。

除了在科学方面的贡献，张衡也是汉代有名的辞赋家，他在汉赋的基础上进行了改进。汉赋注重文章篇幅，一般较长，张衡的赋则比较短小精悍，汉赋注重言辞的铺叙，张衡所写的赋则注重内心的真情实感。他的《归田》《思玄》等，就是这方面的代表，行文都比较短小，文句清丽，感情真挚，与汉赋的夸张虚浮有很大的不同。但张衡也会着意去模仿前代的一些作品，比如《二京赋》就是模仿《两都赋》写成的。

张衡的文学才华很早就显露了出来，他十六七岁时，就离开家去拜师学习，同时他也有机会一路游历，看遍大好河山。参观骊山温泉时，他做了一篇《温泉赋》。这篇赋是他少年时的作品，一直留存至今。这篇赋十分短小，语言简洁但又不失精致，"览中域之珍怪兮，无斯水之神灵。控汤谷于瀛洲兮，濯日月乎中营。荫高山之北延，处幽屏以闲清。于是殊方交涉，骏奔来臻。士女晔其鳞萃兮，纷杂遝其如烟。"这段文字描写了骊山温泉的景色和由此引发出的联想，十分生动。

张衡来到京都洛阳时，并没有赶上洛阳文学最繁盛的时候。王充、班固、崔骃等人都相继去世，不过这时崔骃的儿子崔瑗来到洛阳，与张衡结交，成为最要好的朋友。张衡十分好学，学习的内容十分广泛，自学了五经、六艺，不过他青年时代最主要的成就还是在文

学方面。他还阅读了班固的《汉书》和《两都赋》,收获颇多。

在洛阳的时候,他写过一篇《定情赋》,不过只有残篇存世:"夫何妖女之淑丽,光华艳而秀容。断当时而呈美,冠朋匹而无双",从这些诗句可以看出,这篇赋写的应该是对美人的爱恋和思慕。他还写了一篇《七辩》,文中描写了无为先生与虚然子等的谈话,通过这些谈话,抒发了自己的志趣和愿望。

无为先生与虚然子等五个人分别谈了"宫室之丽""滋味之丽""音乐之丽""女色之丽""舆服之丽""神仙之丽"。无为先生对这几个人说的话都无动于衷,尽管有所认同却也是不以为然。最后,髳无子说:"在我圣皇,躬劳至思,参天两地,匪怠厥司。率由旧章,遵彼前谋,正邪理谬,靡有所疑。旁窥八索,仰镜三坟,讲礼习乐,仪则彬彬。是以英人底材,不赏而劝,学而不厌,教而不倦。于是二人之俦,列乎帝庭,揆事施教,地平天成。然后建明堂而班辟雍,和邦国而悦远人,化明如日,下应如神,汉虽旧邦,其政惟新。"无为先生听了他的一席话很受感动,说:"君子一言,于是观智,先民有言,谈何容易!予虽蒙蔽,不敏指趣,敬授教命,敢不是务。"

其实,张衡是借髣无子的口,倾吐了自己的理想。在他的理想中,汉代应该是一个礼乐完善、贤人辈出的太平盛世,就像圣人之治一样。但他也能够看到现实与理想的差距,他也不敢奢望理想成为必然,所以他也只能表示要加倍努力,并未对结果做过多的预想。

张衡对班固等人十分钦佩,他在阅读了《两都赋》之后,就立志要写一部同样宏伟的作品。在洛阳居住了一段时间后,张衡回到了老家。在故乡南阳,张衡完成了他已经酝酿了有十年之久的《二京赋》,即《东京赋》和《西京赋》。

《二京赋》受了班固《两都赋》的影响,故事内容比较相似,都是通过对比西都的奢侈和东都的节俭,来讽刺、警示统治者。但是不同的是,由于张衡所处的年代已经到了汉代后期,社会危机逐渐加剧,因此张衡对统治者的讽刺也更加深刻,呼告也更加响亮。在《二京赋》里有这样一段话:

"今公子苟好剿民以媮乐,忘民怨之为仇也;好殚物以穷宠,忽下叛而生忧也。夫水所以载舟,亦所以覆舟。坚冰作于履霜,寻木起于蘗栽。昧旦丕显,后世犹怠。况初制于甚泰,服者焉能改裁?故相如壮上林之观,扬雄骋羽猎之辞,虽系以墙填堑,乱以收置解罘,卒无补于风规,祇以昭其愆尤。臣济躩以陵君,忘经国之长基。故函谷击柝于东,西朝颠覆而莫持。"

这段话,描写了统治阶级对百姓的欺压,张衡在这里告诫统治者"水能载舟亦能覆舟",小的祸患虽然在当时不会显露出来,但是对后世会造成很大的危害。统治者的奢侈，虽然是不知不觉，但是日久天长必会后患无穷。

张衡的才华被皇帝所看好，于是便召他进京，让他做了掌管天文、历法的官。在这期间，张衡的科学事业蒸蒸日上，在顺帝阳嘉元年，发明了"候风地动仪"。但他的升官让同僚深感不安，于是设计陷害他。张衡受到老庄思想的影响，并不急于为自己开脱，而是写了一篇《思玄赋》。在这篇赋中，张衡阐述了人的凶吉祸福的问题，并且模仿了《离骚》的形式，描写了自己的理想无法实现而遨游宇宙、徜徉天地之间：

"据开阳而頫盼兮，临旧乡之暗蔼。悲离居之劳心兮，情悁悁而思归。魂眷眷而屡顾兮，马倚輈而徘徊。虽遨游以媮乐兮，岂愁慕之可怀。出阊阖兮降天涂，乘飚忽兮驰虚无。云霏霏兮绕余轮，风眇眇兮震余旟。缤联翩兮纷暗暧，倏眩眩兮反常闾。"

这篇赋洋洋洒洒，纵情恣意，笔法十分洒脱，张衡因为有着丰富的天文知识，因而对于宇宙、天地等的描写都十分独到。

在张衡被贬为河间相期间，因为自己的想法得不到重视，因而他感到悲愤难以排遣，于是写下了《四愁诗》。《四愁诗》一共四章，每章七句，每章的格式一致。在《四愁诗》中，他写到自己的最高理想在泰山、桂林、雁门、汉阳，但是也写了理想与现实的矛盾、理想实现的困难。诗中的美人也是理想的化身，他想象自己与美人相互赠答，来表达自己壮志难酬的悲愤和忧愁。

张衡最终也没能实现自己的理想，在矛盾复杂的心情中结束了自己的一生。他的仕途曲折坎坷，理想难以实现，但是他的成就却是不可磨灭的。

张衡是历史上一位不可多得的人才。他在天文学、文学、机械制造等诸多方面都取得了很高的成就，他的文学作品要么是直接记录天文学研究，要么是受到了科学研究的影响，充满了宇宙天地的玄妙。张衡的一生都在与天地对话，所获得的成就是后人无法比拟的。

政论家贾谊

贾谊，生于公元前200年，卒于公元前168年，汉族，洛阳（今河南省洛阳市）人。他是西汉初年著名的政论家、文学家。

贾谊从小就刻苦学习，博览群书，先秦诸子百家的书籍无所不

读。他在少年时，就跟着荀况的弟子、秦朝的博士（掌管书籍文典的官员）张苍学习《春秋左氏传》，后来还作过《左传》的注释，但失传了。他对道家的学说也有研究，青少年时期，就写过《道德论》《道术》等论著。他又酷爱文学，尤其喜爱战国末期伟大诗人屈原的著作。

公元前183年，年仅18岁的贾谊因为能诵《诗经》《尚书》和撰著文章而闻名于河南郡。由河南郡的长官推荐，贾谊被汉文帝召去当了一名博士。每当汉文帝提出问题让博士们议论时，许多老先生都哑口无言，唯有贾谊与众不同，他学识渊博，又敢想敢说，对文帝提出的问题对答如流，滔滔不绝，说得有理有据。这使汉文帝非常高兴，在一年之中就把他破格提拔为太中大夫（这是比博士更为高级的议论政事的官员）。

不久，锋芒毕露的贾谊遭到了其他大臣的忌恨，他们在皇帝面前说了很多坏话，因此贾谊被贬去长沙担任长沙王的太傅，也就是长沙王的老师。后来皇帝想念贾谊的才华，想要与他谈论自己对于鬼神的见解，就下令把他从长沙招回长安。贾谊在长安担任了汉文帝最喜爱的小儿子——梁怀王的太傅。在一次事故中，梁怀王从马上摔了下来，摔死了。虽然这并不是贾谊的错，但是他认为自己身为皇子的老师却没有尽到责任，终日郁郁寡欢，直至33岁忧伤而死。

贾谊一生虽然短暂，但是在这短暂的一生中，他却为中华文化宝库留下了一份珍贵的文化遗产。在西汉诸多的政论散文中，贾谊的散文称得上是文采斐然。刘勰在《文心雕龙·奏启》中说贾谊的奏疏是"理既切至，辞亦通畅，可谓识大体矣。"大意就是称赞他的文章在说理透彻、逻辑严密的同时，也做到了语言通顺易懂。

贾谊最为人称道的政论作品是《过秦论》《治安策》和《论积贮疏》。他的文章气势汹涌，词句铿锵有力，对后代散文影响很大。鲁迅曾经说，贾谊与西汉时期另一位著名的政治家和文学家——晁错的文章"皆为西汉鸿文,沾溉后人,其泽甚远。"

《过秦论》是贾谊政论文的代表作。汉文帝的时代,正是所谓的"太平盛世"。贾谊以他敏锐的洞察力,透过虚假繁荣的现象,看到了西汉王朝潜伏的危机。当时,国内中央集权与封建割据实力的矛盾、统治阶级与劳动人民的矛盾以及汉民族与其他民族之间的矛盾都日益加剧,统治者的地位有动摇的危险。

为了调和各种矛盾,使西汉王朝能够真正和平安定,贾谊在《过秦论》中向皇帝提出了不少改革变法的政治主张,以劝说的口吻,从总结过去经验教训的角度出发,分析了汉之前秦王朝政治的成功与失败,为汉文帝改革政治提供借鉴。全文分为上、中、下三篇。先讲自秦孝公开始到秦始皇的时期,秦朝逐渐强大的原因:具有地理的优势、实行变法图强的主张、正确的战争策略、几代人的苦心经营等。行文中采用了排比式的句子和铺陈式的描写方法,造成一种语言上的生动气势;之后则写陈胜虽然本身力量微小,却能使看似强大的秦国覆灭,在对比中得出结论:秦朝的灭亡在于不讲求仁义。

《过秦论》之所以能够传诵不朽,很大的原因是因为气势磅礴,使人觉得有说服力。这么说的原因有三个:

第一,这篇文章虽是说理文,其中却用了很大的篇幅来讲故事。作者概括地说明了秦之由盛而衰的全过程和主要现象，同时还贯穿了作者本人的观点来说明其所以兴衰的关键所在。短短一篇文章包含了很多的内涵，有条有理，饱满充沛，还加以铺陈发挥，自然显得气势很盛。

第二，用写赋的手法来写说理散文。写赋是需要铺张和夸大的，贾谊写这篇文章可以说通篇都采用了这种手法。这样，气势自然就充沛了，自然让读者感受到作者的笔锋锐不可当，咄咄逼人，读起来有劲头，有说服力，而且有欲罢不能的感觉。

第三，作者全篇用对比的手法写出了论点。对比手法并没有什么稀奇，而本篇精彩之处却在于作者用了很多的对比，几种对比交织在一起，结构自然宏伟，气势自然磅礴，话也显得更有分量了。

贾谊的其他政论性文章，《治安策》《论积贮疏》等，同样有着极高的政治价值和文学价值，不但帮助当时的汉王朝解决了很多棘手的问题，也被后人千古传颂。

辞赋作为贾谊的老本行，更是承载了他深厚的思想感情，在西汉文学史上有着很高的地位。他的辞赋中有许多抒发自己境遇悲惨、心中抑郁的作品。他被贬到长沙的时候，就曾经作了一篇《吊屈原赋》。

当时的他有满肚子的学问，心中有远大的抱负，本想辅佐文帝干一番大事业。如今因为小人的谗言而遭到贬谪,受到这样的挫折,使他深感孤独和失望。他想到了爱国诗人屈原也是遭到佞臣权贵的谗毁而被贬出楚国都城,最后投汨罗江而死。此情此景,何其相似!当他途经湘江时,望着滔滔的江水,思绪联翩,挥毫写出了《吊屈原赋》,以表达对屈原的崇敬之心,并抒发自己的怨愤之情。

贾谊在长沙第三年的一个黄昏,有一只鹏鸟飞进他的住房里。鹏鸟就是猫头鹰,当时人们认为这是一种不吉利的鸟。贾谊被贬到长沙,本来心情就忧郁,加上不习惯长沙的环境,自以为寿命不长,如今猫头鹰飞进屋子,更使他伤感不已。于是就写了一篇《鹏鸟赋》,对世界万物的变化和人间世事的沧桑作了一番感叹,同时也借此来宽慰自己。

贾谊用他短暂的一生在中国的文学史上留下了浓墨重彩的一

笔，他无与伦比的才华、对时政的关心、独到的见解，以及他不屈服于奸佞小人的精神，都十分值得后人称赞和学习。

史家之绝唱

《史记》的作者司马迁是一位历来为人所称道的悲剧性传奇人物。

司马迁，字子长，西汉夏阳人，是中国古代著名的史学家、文学家。司马迁幼年在故乡过着清苦的生活，然而生活的艰辛没有打消他学习的决心和念头。他十岁开始苦读诗书，发愤图强，好学深思，仔细琢磨，终于学有所成。

司马迁在他二十岁那年游历各地，在各路学府中游学，了解不同地域的风土人情。后来他奉汉武帝之命出使云南、贵州等在当时称为"蛮夷之地"的地方，领略了与中原文化不尽相同的异地风情。

公元前108年，司马迁的父亲司马谈死后，他接替父亲做了太史令，主管修订历史书籍。公元前104年，刚刚上任四年的司马迁与天文学家唐都等人共同修订"太初历"。同年，开始动手编写《史记》。

成长过程中，司马迁的父亲给了司马迁很大的影响和帮助。司马迁的父亲作为史官，一直渴望能写出一部像《春秋》《左传》一样伟大的史书，他把这个希望寄托在了儿子身上。他不仅要求司马迁阅读大量的书籍，还让他在读万卷书的基础上行万里路，于是司马迁进行了一次长达两年的漫游，为写《史记》进行实地考察，到历史事件发生的地方进行实际采访，获得第一手的史料。据传在漫游中，司马迁到过屈原投江的汨罗江畔，高声朗诵屈原的作品，痛哭流涕，所以他在写《屈原列传》的时候感情真挚；他还到了孔子的故乡，去学习古礼；在韩信的故乡，他亲自找到乡里人，问及当年韩信胯下之辱的事情。正是有了这些准备，才让《史记》的真实性、科学性有了保证。

司马迁的人生发展到此,本是一帆风顺的,但谁也没有想到他会在以后的人生里承受非人的磨难。

公元前99年,大汉王朝与匈奴在北方发生了大规模战争。这年夏天,武帝派遣贰师将军李广利领兵讨伐匈奴,另派李广的孙子、别将李陵随从李广利押运辎重。李陵带领五千名步兵深入浚稽山,不幸与匈奴单于遭遇,被八万匈奴骑兵围攻。由于匈奴在人数上占了很大的优势,李陵的形势不容乐观。经过八天的战斗,李陵率领将士奋死反抗,斩杀了敌人一万多名,但因为无法得到主力部队李广利将军的后援,弹尽粮绝,不幸被俘。

汉武帝本来希望李陵能够战死以全忠义,以致李陵兵败被俘的消息传到长安后,武帝十分愤怒。朝堂上的文武大臣看皇上的脸色不对,纷纷改换阵营,几天前还称赞李陵的英勇,现在转而开始指责李陵的罪过。汉武帝很生气,询问司马迁的看法。司马迁痛恨那些见风使舵的大臣,他认为李陵平时孝顺母亲,对朋友讲信义,对人谦虚礼让,对士兵也很和善,为了国家利益可以奋不顾身,一定不是有意投降匈奴的,于是就尽力为李陵辩护。

但是他的直言却触怒了汉武帝。皇帝认为他对李陵的辩护,实际上是贬低了劳师远征、战败而归的将军李广利。因为李广利是汉武帝宠爱的妃子的哥哥,于是皇帝下令将司马迁打入大牢。

司马迁被关进监狱以后，被交到了酷吏杜周手中。杜周因为审讯手段严厉，名声很坏。他严刑拷打，审讯司马迁。司马迁忍受了种种常人无法忍受的残酷折磨，受尽了肉体上和精神上的屈辱，但他始终不屈服，也不认罪。不久之后，有传言说李陵率领匈奴军队攻打汉朝，汉武帝被谣言所骗，暴怒之下处死了李陵的家人。为李陵辩解的司马迁也因此事被判了死刑。

据汉朝的刑法，死刑有两种减免办法：一是拿五十万钱赎罪，二是受"腐刑"。司马迁家境并不富裕，根本拿不出那么多钱，但是选择腐刑既残酷地摧残人体和精神，也极大地侮辱人格。悲痛欲绝的司马迁甚至想到了自杀。可后来他想到，人总有一死，但"死或重于泰山，或轻于鸿毛"，他觉得自己如果就这样死了，根本没有意义。他想到了孔子、屈原、左丘明和孙膑等人，想到了他们所受的屈辱以及所取得的骄人成果，司马迁有了活下去的力量。他要完成《史记》，这不仅是父亲的心愿，也是他自己的心愿。有了这个信念，他毅然选择了接受腐刑。顶着肉体和精神的双重折磨，司马迁继续写作《史记》。大约在他55岁的时候，司马迁完成了全书的编纂和修改工作。

《史记》和以前的编年体通史不一样，它

以人物传记的形式反映历史内容，分为本纪（主要记载历代帝王的兴衰，以及各朝的重大历史事件，如五帝本纪、夏本纪、殷本纪等等）、表（主要是以表格形式呈现的各个历史时期的大事记，如三代世表第一、汉兴以来诸侯王年表第五等）、书（关于天文、历法、水利、经济、文化等方面的专题史，专业性较强，如礼书第一、乐书第二等）、世家（是历朝诸侯贵族的活动和事迹，如吴太伯世家第一、齐太公世家第二等）、列传（为历代各阶层有影响人物的传记，有少数篇章，记载了少数民族的历史，如伯夷列传第一、管晏列传第二等）五部分，其中本纪和列传是主体。在司马迁自己写的《报任安书》中曾写到，自己编写的《史记》共"为十表，本纪十二，书八章，世家三十，列传七十，凡百三十篇"，现代统计史记共约五十二万六千五百字。

《史记》的一大突破是让平民入传，使得史书不再是王侯的史书，历史不再是权贵的历史，尊重了历史的真实性和多面性。过去的史书，经常是突出君王的历史贡献而忽略了其他人的历史价值，但《史记》没有以固定的次序编排人物的出场顺序，各层次人物传记的排列顺序主要以时间为序，但又兼顾各传记人物事件之间的内在联系，而不是一味地突出君王，打压臣子和人民的功劳。

在书中，他记录的人物都形象鲜明，每个人都有自己独特的个性。司马迁作《史记》善于运用各种手段来突出人物的性格特征，用细节描写来细腻地刻画人物形象，通过人物的言行来表现人物。同时，他还运用了一种新颖别致的"互现法"，即在一篇传记中着重表现这个人物的主要特征，但是这个人也许在书中出现不止一次，其他方面的性格特征会在别的传记中显示出来，相互映射、相互突显，别具意味。如《高祖本纪》中主要写刘邦带有奇异色彩的发迹史，以及他的雄才大略、知人善任等特点，而对他的弱点则没有充分展示，保留了刘邦作为君王的历史尊严。但是其他人的传记中，却出现了刘邦形象有缺陷的另一面，使得人物更加丰满。这样的写作使得《史记》具有宏廓画面和深邃意蕴，以及强烈的传奇色彩。

作为史家之绝唱，《史记》有着其他史书无可替代的重要作用。司马迁采用了五种不同的体系相互贯通，精妙结合，综合前史书的种种优点融会贯通，写成纪传体的通史，八书、十表、十二本纪、三十世家、七十列传，形成纵横交错的史书结构，新颖而富有内涵。另外，司马迁在记录历史时，都会实地考察以保证真实性。并且，他有着深厚的历史文学功底，他对历史的感悟让他不以成败论英雄，摒除了史书功利化的色彩。

《史记》留给后人的精神财富是说不尽的。它用朴实的文字和精妙的工笔反映了中国在汉代以前约三千年间政治、经济、文化等各方面的发展过程。这种全新的史书体系，继承了以前史书的优点，并且有所发展。从此中国的史学迎来了新纪元。

即使到了现代，在互联网和快餐文化盛行的今天，《史记》也是一部发人深省的历史著作，他所具有的人文光辉必将对我们的社会产生积极的影响。而在《史记》的背后，忍辱负重，默默耕耘的司马迁，也成了所有人的精神楷模。可能那个时代的司马迁不懂得什么是人文主义，也不懂得什么是人类的普世价值，但他的"人固有一死，或重于泰山，或轻于鸿毛"，却足以让他的人性光芒在华夏文明史乃至世界文化史中熠熠生辉。

千古常新的五言诗

《古诗十九首》是一组诗歌的名称，十九首诗都是五言诗，由南北朝时期南朝梁的一位太子——萧统汇集编录，编纂时间在公元140年至公元190年之间。

《古诗十九首》是汉朝末期社会的文人在思想大转变时期的形象再现，体现了诗人理想的破灭与沉沦，内心的挣扎与痛苦。从艺术性来看，语言自然朴实，描写真实生动，其艺术风格可以说浑然天成。其中所抒发的情感，都是人的一生最基本的几种情感，因此才能千年传唱不衰。

说到《古诗十九首》的来历，就不得不提到《昭明文选》。在南朝梁时期，许多文学形式都已经逐渐定型成熟，作家和作品的数量非常多，文学概念的定义和对文学体制的完善也在文艺理论中日益精密。让人眼花缭乱的作家作品，使得广大的阅读者无从甄别，选录优秀作品的文学总集也就由此诞生。而《昭明文选》就是现今能见到的、最早的、影响最大的文学总集。

编者萧统，是南朝梁的昭明太子，字德施，南兰陵（现在的江苏常州西北）人，是梁武帝萧衍的长子。萧统的学识非常渊博，他主持编纂的《昭明文选》，全书共60卷，分为赋、诗、骚、诏、碑文、墓志、行状、吊文、祭文等38类。所选的作品大多都是大家之作，时代离得越近，选的作品就越多。其中占比重比较大的是楚辞、汉赋和六朝骈文，对于诗歌则主要选用了颜延之、谢灵运等对偶严谨的诗人的作品，而像陶渊明这种语言直白的诗人作品选用较少。

《昭明文选》在唐朝时期的地位甚至可以与"五经"相提并论，当时的士子大多精通《昭明文选》。北宋年间，民间有歌谣说："文选烂、秀才半"，意思就是说，熟读了《昭明文选》，离考取秀才的目标也就不远了。它在宋代甚至有"文章祖宗"的称号。元、明、清三朝也一直有关于《昭明文选》的研究。它与同类型的其他诗文总集对比来看，影响力要深得多，也要广得多。

十九首诗歌的来历已经无从考证，编者就把它们列在了《昭明文选》的"杂诗"之首，后世的人们就把这十九首诗看做一组诗歌。

组诗中的每首诗都习惯以诗中的首句作为标题，题目依次为：《行行重行行》《青青河畔草》《青青陵上柏》《今日良宴会》《西北有高楼》《涉江采芙蓉》《明月皎夜光》《冉冉孤生竹》《庭中有奇树》《迢迢牵牛星》《回车驾言迈》《东城高且长》《驱车上东门》《去者日以疏》《生年不满百》《凛凛岁云暮》《孟冬寒气至》《客从远方来》《明月何皎皎》。

根据它们所折射出的社会生活情况、所表现的情感倾向以及它艺术技巧的纯熟应用，人们判断它所产生的年代应当在东汉顺帝末到献帝前期。当时动荡的社会，混乱的政治，使得下层文士漂泊蹉跎，游宦无门，而《古诗十九首》正是表述着这样的境遇和感受。

这十九首诗歌，基本上都是游子思妇之辞。具体来说，夫妇朋友间离别的愁苦、士人的迷茫失意和人生的无常之感，是《古诗十九首》基本的情感内容。有些作品也表现出人生应该努力使自己富贵和及时行乐的思想。这些思想，无论如何，都是人生来共有的体验和感受，是人生最基本、最普遍的几种情感和思绪。因而，这些诗歌能够在千百年来感动每一代读者，千古常新。同时，它以艺术的方式，表现了当时士子的社会境遇、精神追求与人格，并由此反映出汉末的社会生活，有着十分重要的意义。

《古诗十九首》的一大主题，写的是羁旅行役、相思怀人之苦。这类作品占的份额比较大。当然，这和社会现状是分不开的。

汉代的养士、选士制度，迫使文人不得不背井离乡，长期漂泊在外不能回家。这些文人有的在仕途之上做无望的追求，有的在异国逃避政治的迫害，更有的渴望爱情和家庭的温暖，借此安慰肉体和心灵上的孤独和屈辱。《涉江采芙蓉》便是这类反映游子思妇的现实生活与精神生活的巨大痛苦的代表作品。它描写了一位漂泊异地的失意者怀念妻子的愁苦之情：

涉江采芙蓉，兰泽多芳草。采之欲遗谁？所思在远道。
还顾望旧乡，长路漫浩浩。同心而离居，忧伤以终老。

《古诗十九首》的另一大主题则表现了在家中的女子对远方游子的真挚思念和深切爱恋。它们基本上都是从女性角度创作的。首先，在封建社会中，女性的处境有着特殊性，因此她们只能把全部的思绪和生命寄托在爱情和婚姻关系之上。其次，她们的生活环境和心灵世界不够开放广阔，视野狭小封闭，使她们只能无止境地遭受相思的痛苦，这种情感深婉细腻，要远远强于男性。女性丰富的情感和敏感的直觉，与她们的生活环境相交流，使得环境中的种种事物成为女性心理的物化形式，并为诗人的创作提供了意蕴丰厚的意象和意境。

　　汉末时期的文人，已经具有了一些与女性世界心灵沟通的现实基础，这使他们有能力抒写女性的不幸，不仅有真诚的理解与同情，也融入了自己饱经忧患与痛苦的人生体验。《古诗十九首》中有几首诗是以女性角度写相思之苦，并能由此获得普遍而久远的艺术魅力，原因便在于此。例如《迢迢牵牛星》：

　　　　迢迢牵牛星，皎皎河汉女。纤纤擢素手，札札弄机杼。终日不成章。泣涕零如雨。河汉清且浅，相去复几许？盈盈一水间，脉脉不得语。

　　以牛郎、织女的传说，形象地表现相爱的人可望而不可即的情状，十分有新意。札札的机杼声，把思妇借助单调重复的劳动、排遣愁苦的无奈及其百无聊赖的精神状态描写得淋漓尽致。又如《行行重行行》：

　　　　行行重行行，与君生别离。相去万余里，各在天一涯。道路阻且长，会面安可知？胡马依北风，越鸟巢南枝。相去日已远，衣带日已缓。浮云蔽白日，游子不顾返。思君令人老，岁月忽已晚。弃捐勿复道，努力加餐饭。

写妻子对丈夫的深切怀念，虽然担心着自己可能会被抛弃，但这也不能阻挡她的思念，最终她还是搁下纷乱复杂的愁绪，转而向对方作出深情的祝愿。如果作者没有对女性内心世界的深刻了解，是不能发掘出如此细致入微的情感的。

另外，《客从远方来》《凛凛岁云暮》也都属于此类作品。

此外，组诗中还有一类主题，内容是游子对生存的体会和他们对人生的观念。如《回车驾言迈》：

回车驾言迈，悠悠涉长道。四顾何茫茫，东风摇百草。所遇无故物，焉得不速老。盛衰各有时，立身苦不早。人生非金石，岂能长寿考。奄忽随物化，荣名以为宝。

这是一首关于哲理的诗歌，读起来不仅不觉枯燥，反而富于情韵。一方面因为作者的思考十分贴近生活，自然可亲；另一方面，这位诗人已开始接触到了诗歌美的境界，在景物的营构，情景的交融上，达到了一种很高的境地。后一方面的重要性要比前一方面高，而也正因此，诗的前四句，历来为人们称道。

《古诗十九首》的语言朴素自然，描写生动亲切，决无虚情与矫饰，因此具有天然生成的艺术风格。无怪乎刘勰在《文心雕龙·明诗》中这样夸赞："观其结体散文，直而不野，婉转附物，怊怅切情，实五言之冠冕也。"

第三章 魏晋的诗文

建安风骨

汉末建安时期,文坛继承了汉乐府民歌的现实主义传统,普遍采用五言形式,以风骨遒劲而著称,并具有慷慨悲凉的阳刚之气,形成了文学史上"建安风骨"的独特风格,被后人尊为典范。建安诗风的代表人物就是"三曹"(曹操、曹丕、曹植)、"七子"(孔融、陈琳、王粲、徐干、阮瑀、应玚、刘桢)。其中,尤以曹氏父子的成就最高。

曹 操

曹操是建安时期著名的政治家、文学家。他的文学作品,多与他的政治生活有关,抒发了他的壮志豪情和对人生的深刻思考。

曹操的一生可谓是跌宕起伏。他出生在一个显赫的官宦人家,父亲曹嵩是宦官养子,官至太尉。曹操自幼便受到良好的教育,既博览群书,也精

通武艺。

青年时期的曹操正逢乱世。中平六年,董卓进入洛阳,废少帝,自立为相国。曹操无法忍受董卓的倒行逆施,出逃到陈留,"散家财,合义兵",准备讨伐董卓,并加入了以袁绍为盟主的关东军。然而,关东军诸将各怀心事,相互摩擦、火并,曹操在军中并不能施展自己的才能。失望之余,曹操写下了著名的《蒿里行》:

"关东有义士,兴兵讨群凶。初期会盟津,乃心在咸阳。军合力不齐,踌躇而雁行。势利使人争,嗣还自相戕。淮南弟称号,刻玺於北方。铠甲生虮虱,万姓以死亡。白骨露於野,千里无鸡鸣。生民百遗一,念之断人肠。"

《蒿里行》原本是汉乐府诗的旧题目,曹操在这里用旧题写新事,描写关东军中的各支队伍貌合神离,自相残杀。战士们常年征

战,"铠甲生虮虱,万姓以死亡",铠甲都生了虱子,百姓生灵涂炭。曹操一方面表达了自己的不满,另一方面也表达了对乱世中黎民百姓的同情。整首诗风格沉郁悲怆、意蕴深厚。

随着连年的征战,曹操凭借着自己过人的军事智慧,逐渐锻炼出了一支精锐的部队,并且有了自己的根据地。建安元年八月,曹操挟持汉献帝到了许县,形成了挟天子以令诸侯的优势。此后几年,曹操利用政治上的优势,东征西讨,开始了统一北方的进程。

建安十三年,曹操基本平定了北方,兵锋转向了南方。他率领百万雄师,在长江畔准备与孙权决战。是夜,他站在船上,慷慨而歌:

"对酒当歌,人生几何?譬如朝露,去日苦多。慨当以慷,忧思难忘。何以解忧?唯有杜康。青青子衿,悠悠我心。但为君故,沉吟至今。呦呦鹿鸣,食野之苹。我有嘉宾,鼓瑟吹笙。明明如月,何时可掇?忧从中来,不可断绝。越陌度阡,枉用相存。契阔谈䜩,心念旧恩。月明星稀,乌鹊南飞。绕树三匝,何枝可依?山不厌高,海不厌深。周公吐哺,天下归心。"

这就是有名的《短歌行》。在《短歌行》中,曹操沿用了《蒿里行》旧题写新事的风格,把自己求贤若渴,渴望一统天下的愿望通过乐府旧题和诗经中的句子表达出来。曹操在船头对酒当歌,感叹人生的短暂,只能借酒浇愁。他用《诗经·郑风·子衿》中的那句"青青子衿,悠悠我心"来表达自己渴慕贤才之志,希望贤才能够主动投奔自己。引用《诗经·小雅·鹿鸣》中的"呦呦鹿鸣,食野之苹",表达出如果能遇到贤才,一定以嘉宾之礼款待。求贤若渴之心由此可见。

曹操的晚年,也写了许多著名的诗篇,《观沧海》《龟虽寿》

都是这一时期的作品，风格气势豪迈。《龟虽寿》中的那句"老骥伏枥，志在千里"，表达了英雄迟暮但仍然壮志不已的情怀，让人不得不感叹曹操的英雄豪情：

"神龟虽寿，犹有竟时。腾蛇乘雾，终为土灰。老骥伏枥，志在千里。烈士暮年，壮心不已。盈缩之期，不但在天。养怡之福，可得永年。幸甚至哉，歌以咏志。"

建安二十五年，曹操病死在洛阳。同一年，他的儿子曹丕称帝，国号魏，追曹操为魏武帝。

曹　丕

曹丕是曹操的次子，是曹魏的开国皇帝，他的一生几乎都生活在乱世中，从小就学习骑马射箭，吟诗诵文。在父亲曹操的影响下，曹丕既能够挥戈征战，也能提笔作诗。

"秋风萧瑟天气凉，草木摇落露为霜，群燕辞归雁南翔。念君客游思断肠，慊慊思归恋故乡，何为淹留寄他方？贱妾茕茕守空房，忧来思君不敢忘，不觉泪下沾衣裳。援琴鸣弦发清商，短歌微吟不能长。明月皎皎照我床，星汉西流夜未央。牵牛织女遥相望，尔独何辜限河梁？"

曹丕的《燕歌行》，是现存最早的一篇完整的七言诗，有很高的文学价值。这首诗，叙述了一位女子对丈夫的思念，情景交融，感情真切自然。开头三句，用秋风萧瑟，草木摇落，群雁南归的场景，渲染出一种凄凉肃杀的氛围，奠定了凄凉的基调。接下来，写的是女子的心理活动，她思念丈夫，觉得丈夫也一定在思念着故乡。

这位女子独自守着空房，日夜思念丈夫，时常泪湿春衫。即使偶尔弹琴以排遣内心的寂寞，琴声也是如泣如诉，不能长久。夜晚，明月照在床上，看着遥远的银河，想到牛郎织女的故事，不禁生出共鸣。他们到底犯了什么错，要被一条银河永远地分开呢？

《燕歌行》在七言诗的发展史上具有重要的价值，以往的诗歌几乎都是四言诗，形式模仿诗经，即使是汉乐府中偶尔出现的杂言，也并不成体系。曹丕在乐府诗的基础上勇于创新，用七言诗增加了诗歌的表现力，推动了诗歌这一文体的发展。

此外，曹丕还积极研究文学理论，他的《典论·论文》在中国文学批评史上占有重要的地位。

曹 植

曹植，是曹丕的弟弟，曹操的小儿子。他天资聪颖，才思敏捷，深得曹操喜爱。建安十五年，曹操召集一批大臣在铜雀台做赋。曹植做了一篇《登台赋》，第一个交卷，得到曹操的赞赏。曹操一度想立曹植为太子，这受到了曹丕的妒忌。在曹丕即位后，曹植受到迫害。曹丕限曹植在七步之内作一首诗，想借此除掉他。曹植挥毫而就的一首诗，控诉了手足之间互相伤害的残忍，用豆子和豆萁作比喻，十分生动：

"煮豆燃豆萁，豆在釜中泣。本是同根生，相煎何太急。"

《白马篇》也是曹植的名作。这首作品表现了曹植的少年侠气和壮志豪情。诗中首先写了配着金羁的白马在边塞驰骋，色彩鲜明，让人过目难忘。马上的少年骁勇善战、身手敏捷，"狡捷过猴猿，勇剽若豹螭"；少年怀着报国的热情，渴望"长驱蹈匈奴，左顾陵鲜卑"；在国家利益面前，完全不顾个人的生死和小家，"捐躯赴国难，视死忽如归"。这首诗，是曹植内心豪情的抒发，马上的少年就是曹植的自我写照，生动形象，富有感染力。

曹植的诗，辞采华茂，骨气奇高，为后人所称颂。

三曹，开建安文学之先河。他们的诗歌以现实为主题，慷慨悲凉，诗歌在形式上富有创新，并且词情并茂，风骨极高，对建安文学的风格有很大的影响。建安风骨，就是从三曹时开始形成的。建安七子的创作，很大程度上也是受到了三曹的影响。

建安时期可谓是文学史上的一个辉煌的时代，当然也是诗歌史上辉煌的时代。在这个时代里，诗歌、辞赋以及散文都取得了长足的发展。尤其是诗歌，兴起了中国文学史上第一次文人诗的高潮，从此奠定了文人诗的主导地位，给后世留下深远的影响。

不拘礼法的竹林七贤

竹林七贤，是指魏晋时代的七位名士，他们分别是嵇康、阮籍、山涛、向秀、刘伶、王戎和阮咸。这七位名士虽然在政治态度上各有不同，但是他们有一个共同的特点，就是平素不拘礼法、放旷不羁。

在魏晋那样一个社会大动荡的时期，民不聊生，文人们自然无法很好地施展才华。于是，很多文人开始崇尚老庄哲学和玄学，追求清静无为的境界，靠寄情山水、纵情饮酒来排遣心中的苦闷。"竹林七贤"就是这一时期文人的代表。

这七位名士都喜爱饮酒，他们冲破儒家礼法的束缚，常常衣冠不整，放浪形骸，在竹林中饮酒、弹琴、长啸。

嵇 康

嵇康是竹林七贤中的代表人物，他擅长玄学，精通音律，创作有《长清》《短清》《长侧》《短侧》，合称"嵇氏四弄"。嵇康对于当时的政局十分不满，对司马氏集团也十分蔑视。司马昭很想

拉拢嵇康，但是嵇康不与他合作，司马昭的心腹钟会想和嵇康结交，也被嵇康拒绝。钟会于是怀恨在心，便找了一个机会劝司马昭除掉嵇康。三千太学生上书为嵇康求情，司马昭不许。在临刑前，嵇康不慌不忙，神态自若，毫无恐惧之色，弹奏了一曲《广陵散》，从容赴死。

阮　籍

阮籍是竹林七贤中很有个性的一位，他十分喜爱喝酒，堪称是七贤中的饮酒巨头。据说，晋文帝司马昭的儿子司马炎看上了阮籍的女儿，于是司马昭为他求婚。阮籍当然不愿意，但又不敢直说，只好天天喝酒，大醉了六十余天，司马昭始终找不到机会向阮籍开口提起求婚的事，拖了两个月，只好作罢。阮籍的母亲死时，他正与人下棋，棋友劝他赶紧回家，阮籍坚持下完棋，友人都觉得他有悖孝道，以为他是不孝之子。然而阮籍下完棋后，饮酒三斗放声大哭，口吐鲜血，几乎要昏倒在地，可见内心的极度悲痛。他并非不孝，而是有自己的行为方式。

阮籍有一个很著名的典故是青白眼之说。阮籍生性高傲，狂放不羁，对自己所蔑视的人向来毫不留情，以白眼视之，只有看到自己看得起的人，才用青眼视之。阮籍的母亲去世后，嵇康的哥哥嵇喜前来吊唁，阮籍用白眼看他，弄得嵇喜很不高兴，扫兴而归。嵇康听说后，便带着琴和酒来到阮籍家，阮籍见了很高兴，就用青眼看他。

阮籍从小所受的教育，是正统的儒家教育，认为礼乐教化是改良社会的有效手段。直到他走向社会才发现，现实与想象的是那么不同，儒家思想只不过是统治者用来约束人民的工具。于是，他想要通过儒家思想改革社会的愿望破灭了，阮籍走向了老庄独善其身、畅然物外的清净之道。阮籍擅长诗歌文体，他写了《咏怀》八十二首,是魏晋"正始之音"的代表。在这八十二首诗中,阮籍通过比兴、象征、寄托等手法,抒发了自己的悲愤之情,使得这些诗歌曲折低回。除诗歌之外,阮籍还长于散文和辞赋。他现存的散文有九篇,其中最长及最有代表性的是《大人先生传》。

阮 咸

阮咸是阮籍的侄子,他虽说没有阮籍那么出名,但对酒的嗜好却一点也不亚于叔父阮籍。据《世说新语》说,阮咸常与朋友们聚会,一起饮酒,并且他们喝酒不用杯子,而用大盆,众人围着盆坐着,痛饮取乐。有一天,大家正围坐喝酒,酒酣之际,忽然有一群猪跑过来,挤在盆边抢酒喝。阮咸见了,非但不把猪哄走,还很高兴地和猪在一个盆中喝酒,十分欢乐。阮咸在音乐方面也有很高的造诣,他善于弹奏一种直颈琵琶,后来,这种琵琶就以阮咸的名字命名了,也就是今天的阮。阮咸除了擅长琵琶,在作曲方面也有一些成就,《三峡流泉》据说是他所作,在唐朝时十分流行。阮咸和阮籍一样,十分鄙视礼法,用自己的放浪形骸来与传统相抗争。他曾在母丧期间,穿着孝服去追一个自己暗恋的鲜卑女婢。

山 涛

山涛是竹林七贤中年龄最大的一个,他崇尚老庄,并且怀着这种思想加入了七贤之列。但是山涛与其他人的气质有所不同,尽管崇尚老庄,但他实际上还是一个儒家君子。他积极入仕,在司马集团的手下做官。不过山涛喝酒确实有一绝。据说,他每次喝酒只喝八斗,多一点都不喝。为了证明这神奇的本领,皇帝请山涛喝酒,开始先给了八斗,后来趁山涛不注意时,又加了一些酒进去。然而山涛喝够八斗,就像知道了量一样,马上不喝了,皇帝对他的本领也不得不佩服。

向　秀

向秀在竹林七贤中也很有名。他同时精通儒家和道家思想，但是，他试图将儒家思想和道家思想加以调和。他虽然研究道家，却很少把道家的思想作为自己的行动指南，在日常生活中还是更偏重于儒家。著名的《思旧赋》，是向秀在嵇康、吕安被杀后写的，感情真挚，情辞沉痛。向秀和嵇康、吕安很要好，他们一起在山阳种田，闲暇时就到山林中游荡，去追寻精神的自由境界。尽管向秀与嵇康的孤傲、吕安的超脱有所不同，但是在《思旧赋》真挚的言辞中，仍然可以看出他们深厚的感情。

刘　伶

刘伶在竹林七贤中，文才和仕途都不突出，但是对酒的嗜好程度却是数一数二的。刘伶平日少言寡语，对人情世事一点也不关心，也很少和人交流，只是嗜酒如命。他喝醉酒后常常会狂欢几天几夜，让人无可奈何。刘伶常带着酒外出游荡，让人拿着铁锹跟着他，并告诉随从说："我如果醉死了，就把我就地埋掉。"

刘伶的妻子见他这么爱喝酒，怕他哪天真的葬送了性命，便苦苦劝他戒酒，刘伶对妻子说："要我戒酒可以，但是只靠我自己的力量是不行的，必须借助鬼神的力量才能戒掉，你快去置办酒肉敬鬼神吧！"妻子听了十分高兴，马上准备了佳肴美酒，供奉了鬼神，要刘伶对鬼神起誓。可是刘伶却反悔了，说道："天生刘伶，以酒为名，一饮一斛，五斗解酲。妇人之言，慎不可听！"说罢就把供奉鬼神的食物吃光了，又喝得烂醉如泥。妻子见实在无法让他戒酒，便也只能听之任之了。又有一次，刘伶看见妻子新酿的一缸酒，立马就要喝，妻子说："等酒酿好了，让你喝个够。"酒酿好了，妻子让刘伶来喝酒，刘伶一把揭开酒缸的盖子，趴在缸上开始喝。妻子一把将他推进了酒缸，接着盖上了盖子，把刘伶关在了酒缸里，然后对缸中的刘伶说："这回叫你喝个够！"三天以后，打开盖子，发现缸中的酒已经没有了，刘伶坐在酒缸底下，一动不动。妻子吓了一跳，以为刘伶醉死了，可刘伶竟然抬起头，笑着对妻子说："你不是说让我喝个够吗？我现在怎么闲坐在这里呢？"他的妻子啼笑皆非。

刘伶除了爱喝酒，为人也是狂放不羁，他经常借着酒劲，在屋里脱光了衣服裸体喝酒，一次有客人来访，看见这个场景，觉得有伤风化，就责问他，刘伶说："我以天地为宅舍，以屋室为衣裤，你们为何入我裤中？"客人听了哭笑不得。刘伶在文学上的成就并不高，只有一篇《酒德颂》传世。

王 戎

王戎是七贤之中年纪最轻的，他与阮籍是忘年之交。阮籍比他大二十四岁，是王戎的父亲王浑的朋友，但是每次阮籍去拜访王浑，谈不了几句，就去找王戎交谈了。尽管如此，王戎与阮籍、嵇康等人，还是有很大的不同。也许是受到家族传统的影响，王戎热衷于功名，善于钻营算计，晋武帝时，他官至吏部尚书；晋惠帝时，官至司徒。王戎还极其吝啬，他家中的李子树结的果实特别好，王戎想拿李子去卖，但又怕别人得到李子核里的种子从而家里也有了这么好的李子树，就事先把李子的果核钻破。王戎的侄子要结婚，王戎只送了一件单衣做礼物，侄子完婚后他又要了回来。传说他经常与夫人拿象牙算筹计算财产，日夜不停。不过王戎坐上高位，也不仅是因为他善于钻营，他本人也是有一定的政治能力的。不过在文学上，王戎的建树不高。

竹林七贤生活的魏晋时期，正是司马集团当权的时期，这七个人对于司马集团的态度各有不同，嵇康、阮籍、刘伶都是坚决不与司马氏合作，嵇康因此被杀，于是向秀被迫投靠了司马集团，山涛、王戎也先后投靠了司马氏，并且得到重用。竹林七贤到最后算得上是因为政治的分歧而分崩离析的。

这七位名士，在历史上留下了很鲜明的一笔，他们用自己独特的方式，与自己所处的黑暗时代作斗争。虽然他们性情各有不同，但是，他们对于玄学的研究，对于老庄思想的发展，都对后世产生了极大的影响。他们那种放旷不羁的性情，自我意识和精神的觉醒，在中国文学史上独树一帜。

山水田园诗

陶渊明，名潜，字元亮，东晋末年著名的文学家。因为住宅周围有五棵柳树，他因此被称为"五柳先生"，陶渊明还特意以此为题写过一篇《五柳先生传》，文章短小精悍，充满趣味，却在短短的几行字中将自己不畏贫贱、不羡富贵的精神表现得淋漓尽致：

"先生不知何许人也，亦不详其姓字。宅边有五柳树，因以为号焉。闲静少言，不慕荣利。好读书，不求甚解。每有会意，便欣然忘食。性嗜酒，家贫不能常得。亲旧知其如此，或置酒而招之。造饮辄尽，期在必醉；既醉而退，曾不吝情去留。环堵萧然，不蔽风日，短褐穿结，箪瓢屡空，晏如也。常著文章自娱，颇示己志。忘怀得失，以此自终。赞曰：黔娄之妻有言：'不戚戚于贫贱，不汲汲于富贵。'其言兹若人之俦乎？衔觞赋诗，以乐其志，无怀氏之民欤？葛天氏之民欤？"

从这篇文章也可以看出，陶渊明是一个安贫乐道之人，他隐居于乡村田园之中，身居陋室，怡然自得，读书饮酒以自乐。除了这篇《五柳先生传》，陶渊明辞官隐居之后，徜徉于山水田园之间，还写下了许多流传千古的田园诗佳作。

其实，陶渊明并非从一开始就有隐居山林之志。他年幼时，由于早年丧父，和母亲妹妹生活在外祖父家。外祖父家中有很多藏书，陶渊明便饱读了各家诗书，接受了儒家和道家两种不同的思想，立下了大济苍生和隐逸世外的两种志趣。

孝武帝太元十八年，陶渊明任江州祭酒，开始了他的官宦生涯。但是由于当时门阀制度森严，陶渊明这种平民出身的人在官场经常受到排挤，感到"不堪吏职，少日自解归"，于是他辞官回家，几次被征召也没有答应。后来，他投奔到荆州桓玄的门下，但是他渐渐发现，桓玄是一个野心家，对于东晋政权虎视眈眈。陶渊明不愿和他为伍，并在《辛丑岁七月赴假还江陵夜行涂口》中写道："如何舍此去，遥遥至西荆。"表达了自己对投奔桓玄的悔意。

几年后，他因丧母辞官回家，此后，桓玄起兵叛乱，夺取了东晋政权，陶渊明身先士卒，救出了被桓玄挟持的皇帝。在他觉得自己终于可以实现人生抱负、大展宏图的时候，他又看到了官场中清除异己的残忍和相互倾轧的黑暗，心生辞官退隐之志——"目倦山川异，心念山泽居"。

在他做彭泽县令时，一次浔阳郡督邮来访，下面的官吏告诉他："当束带迎之。"陶渊明感叹道："我岂能为五斗米折腰向乡里小儿。"于是辞官回家，自此结束了十三年的仕途生涯，但同时，也开始了别有一番情趣的隐逸生活。

在辞去彭泽县令之后，陶渊明写了一篇《归去来兮辞》。在这篇散文中，他表达了不与世俗同流合污的决心，也使得这篇作品成为山水田园诗派的代表之作。在这篇散文的开篇，陶渊明就先写出了自己归隐田园的强烈决心以及对过去的追悔：

"归去来兮！田园将芜胡不归？既自以心为形役，奚惆怅而独悲？悟已往之不谏，知来者之可追。实迷途其未远，觉今是而昨非。"

接下来，他写了自己在晨光熹微中奔向自己的家，以及回到家后闲适的生活。

"引壶觞以自酌，眄庭柯以怡颜。倚南窗以寄傲，审容膝之易安。园日涉以成趣，门虽设而常关。策扶老以流憩，时矫首而遐观。云无心以出岫，鸟倦飞而知还。景翳翳以将入，抚孤松而盘桓。"

最后，陶渊明表达出了自己余生的志趣，就是能够"登东皋以舒啸，临清流而赋诗"，在这种悠然自得的生活中安度余生。这篇《归去来兮辞》，标志着陶渊明田园生活的开始，文中所描写的生活场景，成为后世很多人所向往的生活境界。

在隐居期间，陶渊明留下了许多流传至今的田园诗，比如《饮酒》《归园田居》等脍炙人口的作品。陶渊明的《饮酒》一共写了二十首，其中第五首最为人所熟知：

"结庐在人境，而无车马喧。问君何能尔，心远地自偏。采菊东篱下，悠然见南山。山气日夕佳，飞鸟相与还。此中有真意，欲辨已忘言。"

其中，"采菊东篱下，悠然见南山"一句成为后世文学家们津津乐道的一句诗。一个"见"字，将那种悠然采菊，不经意间看见了南山的恬淡心境描写得十分生动。

这首《饮酒》表现了陶渊明对于田园生活的享受,他用短短的五十个字,将自己的生活状态和志趣表现了出来,文字不事雕琢,描写的景物也都是日常生活所见,正映衬着他那份自然的心境。

除了《饮酒》,陶渊明在隐居期间还写了《归园田居》的组诗:

"少无适俗韵,性本爱丘山。误落尘网中,一去三十年。羁鸟恋旧林,池鱼思故渊。开荒南野际,守拙归园田。方宅十余亩,草屋八九间。榆柳荫后檐,桃李罗堂前。暧暧远人村,依依墟里烟。狗吠深巷中,鸡鸣桑树颠。户庭无杂尘,虚室有余闲。久在樊笼里,复得返自然。"

这是陶渊明《归园田居》中的代表作。《归园田居》和《饮酒》相比,更多了一分生活气息,更加真切自然。在诗的开头,陶渊明说自己"性本爱丘山",在尘网中走的一遭,只是误入而已。他以"羁鸟"和"池鱼"自比,认为现在应该是回到故园的时候了,于是他在野外,置得"方宅十余亩,草屋八九间",过起了悠然自得的隐逸生活。"久在樊笼里,复得返自然",表达出他逃出世俗樊笼,重返自然的愉悦心情。在这首诗中,陶渊明用自然的笔调,描写了日常生活中的景物,狗吠、炊烟、鸡鸣,几个意象,就写出了乡村生活的场景,淳朴亲切,情景相衬,表现出他在这种环境中生活的怡然自得。

《归园田居》的另外一首,《种豆南山下》也是广为人知的名篇:

"种豆南山下,草盛豆苗稀。晨兴理荒秽,带月荷锄归。道狭草木长,夕露沾我衣。衣沾不足惜,但使愿无违。"

这首诗与前一首相比更加短小精悍,是《归园田居》中最短的一首，但同样十分有感染力。这首诗几乎全篇用了白描的手法，写自己去为豆苗锄草，黑夜返回的场景：由于道路狭窄，露水打湿了衣服，但是"衣沾不足惜，但使愿无违"，陶渊明毫不在意衣服被打湿，这种生活在田园中带一些清贫、艰苦的生活非但不会让他厌弃，反而是符合了他心中的意愿。尽管辛苦，但能够远离尘嚣，不与世俗同流合污，就足够了。

陶渊明被后世称为"隐逸诗人之宗"，他的隐居，一方面是他本性使然，另一方面也是由于黑暗现实的逼迫。陶渊明用自己的隐逸世外，与现实世界做着无声的抗争，他亲自耕田劳动，更懂得天下苍生的疾苦，更能对现实发出感天动地的呼告。这与单纯的消极避世是有所不同的。

陶渊明田园诗的数量最多，成就最高。梁启超曾经评价说："自然界是他爱恋的伴侣，常常对着他笑。"确如其言，陶渊明在自然与哲理之间打开了一条通道，在生活的困苦与自然的旨趣之间达到了一种和解。连最平凡的农村生活景象在他的笔下也显示出了一种无穷的美。

同时，陶渊明为后世开启了山水田园诗的大门，他的作品，影响了李白、杜甫、白居易、苏东坡、辛弃疾等几代文人的思想和创作。为中国文学的发展和繁荣，作出了不可估量的贡献。

第四章 盛世的赞歌

大唐的豪气

陈子昂是初唐诗文革新运动的代表人物之一。他拥有着满腔的豪气，他的诗篇也有着与性格一样的豪情侠气。可以说，他的诗歌便是他人生的写照。

陈子昂的一生并不平坦，年轻时的他怀着一腔热血，看重豪侠意气，渴望以身报国。他十七八岁开始读书，二十一岁入京。唐睿宗文明元年，二十四岁的陈子昂考中进士，得到了武则天的赏识，开始在京城做官，官至右拾遗。性情耿直的陈子昂经常直言劝谏，这为他带来了降职之祸。辞官回乡后，陈子昂被当地的县令陷害，捏造罗列了很多罪名。最终，四十二岁的陈子昂含冤死于狱中。

陈子昂生活在初唐。那时，西昆体的诗人们追求浮艳绮靡的文风，造成了文坛形式主义的流弊。陈子昂有意改变这种风气，他推崇魏晋风骨，因此，他的诗往往苍劲有力，风骨铮铮，质朴清新。

前不见古人，后不见来者，念天地之悠悠，独怆然而涕下。

创作于万岁通天元年的《登幽州台歌》是一首家喻户晓的豪侠诗篇。那时，陈子昂随武攸宜去镇压契丹李尽忠和孙万荣的叛乱。武攸宜有勇无谋，为人轻率，因此打了败仗。陈子昂见到这种状况，就上书劝谏，提出自己的见解。武攸宜非但不采纳，在陈子昂再次上书后，还把其降为军曹。陈子昂接连受到挫折，一腔报国热情不知道该如何实现，在心灰意冷之时，他登上蓟北楼，触景生情，慷慨悲歌，写下了流传千古的《登幽州台歌》。

这首诗只有区区二十四个字，却充分表达了诗人怀才不遇、倍感寥落之情。"前不见古人"中的古人，指的是古代贤明的君主。陈子昂其实是在忆古悲今，感叹自己无法遇到一个礼贤下士的贤明君主来重用自己，后世即使有这样的君主，自己也来不及看到，他感叹自己生不逢时，悲哀惋惜之感无法排遣。"念天地之悠悠，独怆然而涕下"，他登上幽州台，看到天地茫茫，宇宙无垠，顿时感觉到自己的渺小，觉得寂寞孤单，不禁悲从中来，怆然涕下。

这首诗刚劲遒健,风骨很高,一改前代浮靡的文风,成为唐代诗歌的先驱之作。全诗境界雄浑阔大,语言富有感染力,使得短短的几个字,在时间和空间上都得到了无限的延伸,从古到今、从个人到宇宙,在整首诗中都有所涵盖,俯仰古今,辽阔无限。将个人那种悲苦的情绪表现到了极致,几乎达到了"不着一字,尽得风流"的艺术效果。

在同一时期,陈子昂还写了《蓟丘览古赠卢居士藏用七首》,分别是《轩辕台》《燕昭王》《乐生》《燕太子》《田光先生》《邹衍》《郭隗》。这七首诗是咏古诗,诗中运用了大量的典故,描写了战国时代燕昭王礼遇乐毅、郭隗,燕太子丹礼遇田光等历史事迹。陈子昂通过描写这些礼贤下士的君主,表达了自己对历史明君的钦慕之情,同时也抒发了自己生不逢时、不遇明君的身世之悲。

具有豪侠气概的陈子昂面对着现实的情况,又发表了《感遇》三十八首。这三十八首诗,并不是同时所作,描写的侧重也是各有不同,既有讽刺现实、感慨当下,也有感叹身世、抒发志向,但共

同的特点是都体现出陈子昂强烈的革新精神。这种革新精神首先体现在，他的诗作中开始出现具有强烈的现实性的作品：

"朝入云中郡，北望单于台。胡秦何密迩，沙朔气雄哉！籍籍天骄子，猖狂已复来。塞垣无名将，亭堠空崔嵬。咄嗟吾何叹，边人涂草莱。"

这首诗是他从军征讨塞北时所作，诗中先描写了北地雄浑开阔的场景，气势豪迈。紧接着笔锋一转，写了天之骄子的威严受到挑战，塞外却没有名将，不仅没能维护国家尊严，还使得将士白白牺牲了生命。这首诗直接声讨了将帅无能，深表愤慨。

除了边塞诗，在《感遇》三十八首中，还有一些反对战争、讽刺统治者的诗，比如：

"丁亥岁云暮，西山事甲兵。赢粮匝邛道，荷戟争羌城。严冬阴风劲，穷岫泄云生。昏曀无昼夜，羽檄复相惊。拳局竟万仞，崩危走九冥。籍籍峰壑里，哀哀冰雪行。圣人御宇宙，闻道泰阶平。肉食谋何失，藜藿缅纵横。"

在这首诗中，陈子昂描绘了出征将士的生活状态，当时正是严冬时节，阴风阵阵，冰雪皑皑，军人们行走在山中，没日没夜地作战。统治者不知道战士疾苦，只能让黎民百姓白白受苦。通过这首诗，陈子昂表达了对穷兵黩武的统治者的不满，对出征在外的将士们的同情，流露出反对战争的情绪。这首诗突破了传统边塞诗的题材，有强烈的反战和讽刺意味。

在"圣人不利己"一篇里，他毫不留情地指出武则天建造佛寺，雕刻石碑是在浪费财物，也为人民带来痛苦，他反对这种为了一己之利而浪费人力物力的行为。在"贵人难得意"一诗里，他更勇敢地讽刺了武则天的阴晴无常，对待臣下时而亲近，时而杀戮。从这些讽刺性很强的诗篇中可以看出，陈子昂是有着鲜明的政治主张的诗人，他同情下层百姓，反对随意战争，对统治者的一些铺张浪费和残暴的行为表示强烈的反感。对于这些情感，他敢于直言，在诗作中毫不掩饰地表达出来，这种豪侠气概不得不令人敬佩。

除了大量优秀的诗作，陈子昂对整个初唐诗坛也有着很大的贡献。他所倡导的魏晋风骨对摆脱前代的浮靡文风有着重要的作用，他是继初唐四杰后又一个倡导诗歌风骨的诗人。在《与东方左史虬修竹篇序》中，陈子昂高呼"文章道弊五百年矣"，体现了他的一些复古的思想，尽管他的一些主张缺乏与时俱进的精神，但是依然不能抵消他在文学史上的重要作用。他在诗歌理论和诗歌实践上的贡献，得到了李白、韩愈等诗人的高度称赞，他的《感遇》三十八首，直接启发了张九龄《感遇》的创作，李白《古风》也受此影响。

时至今日，陈子昂的诗歌依然没有淡出人们的视线。每每读到那首《登幽州台歌》，人们还是能够感受到陈子昂当年那种寂寞孤独的心境，那句"前不见古人，后不见来者"，更成为了无人不知无人不晓的千古名句。

诗仙李白

李白，字太白，号青莲居士，唐代著名的诗人。他的诗歌风格豪迈奔放，潇洒恣意，其中充满浪漫的想象，雄奇的意境，成为唐诗历史上的一座丰碑，被后人称为"诗仙"。

李白的诗歌才华从很早就显露了出来。在他七岁的时候，父亲为了给他取一个正式的名字，就在自家的花园里出诗题考他。父母两人一唱一和，吟咏院中的苍翠树木、绚烂繁花，"春国送暖百花开，迎春绽金它先来。火烧叶林红霞落,"说到这里,他们故意留下最后一句让李白接上。李白走到正在开花的李树下,思忖片刻便说道:"李花怒放一树白"。父亲听后大喜,便把李白二字做了儿子的名字。

年少时的李白,在酷爱读书的父亲母亲的影响下,饱读诗书,他的学习范围十分广泛,不仅局限于儒家经典,还有百家著作、古代文史经典,为他以后的诗歌创作奠定了牢固的基础。同时,李白还学习了当时流行的道教,其中那种求仙问道、超脱尘俗的思想也给他带来了很大的影响。

开元十三年,李白离开蜀地。当时,他写下了《峨眉山月歌》,这是他少年时期流传下来的为数不多的诗作。从这首诗中已经看出他的才华初露:

"峨眉山月半轮秋,影入平羌江水流。夜发清溪向三峡,思君不见下渝州。"

这首诗是李白初次离开蜀地时所作,笔触清新淡雅,自然优美,将蜀地夜色下的美景勾勒出来,仿佛一幅水墨画一般展现在读者的面前。

李白离开蜀地来到江陵,遇见了当时极富盛名的道士司马承祯,李白把自己的诗作给司马承祯看,司马承祯觉得他资质不凡,文章有仙风道骨,于是对他大加赞赏。在司马承祯的鼓舞下,李白写了一篇《大鹏遇希有鸟赋》,在文中,他用极其夸张的笔致描写了大

鹏鸟，说大鹏鸟体态庞大，遮天蔽日，翅膀鼓动可以让天地为之变色。此文一出，李白立即名扬天下。

李白顺江陵而下，来到庐山。在这里，他写下了那首著名的《望庐山瀑布》：

"日照香炉生紫烟，遥看瀑布挂前川。飞流直下三千尺，疑是银河落九天。"

在这首诗中，李白用了银河这个宏大的意象，将庐山瀑布飞流直下的壮丽场景描绘得淋漓尽致。

离开庐山后，李白先后游历了金陵、淮南、绍兴等地。离家日久，他不免思乡心切，但又觉得没有一点功业成就无颜回乡，于是决定再度漫游。他先后来到荆门、襄阳，结识了孟浩然。他在安陆隐居了一段时间后，开始有了进入仕途之心，于是他四处结交官吏，凭借自己的干谒游说和他们建立联系。虽然他的努力一时没有为他打通入仕之路，但是他的才华却得到了武则天时期的宰相许圉师的赏识，招他为外孙女婿。李白与妻子许氏度过了一段美满的生活。开元二十三年，李白西游，希望获得入朝的机会。

公元二十三年，李白遇见唐玄宗狩猎，于是他献上《大猎赋》，希望得到皇帝的赏识。但是他在长安的一年多，一直在游历，并没有机会入朝为官。他看到盛世大唐的繁华景象十分欣喜，但同时，他也看到统治集团内部开始出现的黑暗面，感到十分失望。最终，他怀着愤懑的心情离开长安。

直到李白四十二岁，他才被举荐进京。唐玄宗虽然欣赏他的才华，但是只让他供奉翰林，做文学侍从，三年后，被"赐金放还"。李白在离开长安时很失落，写下了名篇《行路难》：

"金樽清酒斗十千，玉盘珍馐直万钱。停杯投箸不能食，拔剑四顾心茫然。欲渡黄河冰塞川，将登太行雪满山。闲来垂钓碧溪上，忽复乘舟梦日边。行路难！行路难！多歧路，今安在？长风破浪会有时，直挂云帆济沧海。"

全诗充满了激昂豪迈的情怀，表达了自己壮志难酬的愤懑之情。面对清酒珍馐，自己不能下咽，因为现实让人倍感无奈。李白用"冰塞川"和"雪满山"来象征人生道路上的艰难险阻，表达自己求官无门的愤慨。但是同时，他也希望自己能够像姜太公和伊尹那样，终有一天被人发现并且重用。"长风破浪会有时，直挂云帆济沧海"，在诗的最后，李白还是用豪迈的气概，抒发了自己渴望乘风破浪，实现人生抱负的希望和志向。

天宝三年，李白来到东都洛阳，结识了杜甫，两人建立了深厚的友情。他们在创作上互相切磋，对二人的创作都产生了积极的影响。后来，他们二人还结识了高适，三人十分要好，曾一同游历。《梦

游天姥吟留别》就是他们三人一同游历山东，在即将离开时写的。

这是一首记录梦境的诗，诗人在梦中游览了天姥山，看到了雄起壮丽的景色，虚无缥缈，亦真亦幻，而最后一句："安能摧眉折腰事权贵，使我不得开心颜。"则是李白豪迈性格的真实写照，他鄙视那些世俗权贵，不愿与他们同流合污。

天宝十一年，李白与好友岑勋在他们的好友元丹丘家做客。三人纵情豪饮，借酒放歌，李白写下了著名的诗篇《将进酒》：

"君不见黄河之水天上来，奔流到海不复回。君不见高堂明镜悲白发，朝如青丝暮成雪。人生得意须尽欢，莫使金樽空对月。天生我材必有用，千金散尽还复来。烹羊宰牛且为乐，会须一饮三百杯。岑夫子，丹丘生，将进酒，杯莫停。与君歌一曲，请君为我倾耳听。钟鼓馔玉不足贵，但愿长醉不复醒。古来圣贤皆寂寞，惟有饮者留其名。陈王昔时宴平乐，斗酒十千恣欢谑。主人何为言少钱，径须沽取对君酌。五花马、千金裘，呼儿将出换美酒，与尔同销万古愁。"

这首诗，可以说是李白诗歌豪迈奔放风格的代表之作，他借醉酒来抒发自己激愤的情绪。在诗的一开头，李白就描写了广阔奔腾的黄河水，营造了一种宏大豪迈的境界，有着排山倒海的气势。接下来，李白用对仗的局势，描写了时光飞逝，让人"朝如青丝暮成雪"，这种极尽夸张的笔法，把人的一生，从年轻到衰落的过程说成是朝夕之间，形成一种无可比拟的壮大气势，把悲哀感伤的气氛烘托到极致。在人生郁郁不得志之时，李白认为，只有纵情饮酒才是人间正道。即使在人生的低谷，他也依旧自信地认为"天生我材必有用"，金钱、功名，与饮酒享乐相比，都显得微不足道。整首诗感情起伏跌宕，气势豪迈雄健，如大河奔流，时而急，时而缓，波澜壮阔，豪气冲天。

天宝十四年，安史之乱爆发，李白两次入幕府都以失败告

终。一次入狱，一次被永久流放，直至乾元二年，天下大赦，李白才重获自由。李白顺着长江疾驰而下，在途中写下了那首著名的《早发白帝城》：

"朝辞白帝彩云间，千里江陵一日还。两岸猿声啼不住，轻舟已过万重山。"

在这首诗中，李白依然延续了他夸张的笔法和清新飘逸的风格，"千里江陵一日还""轻舟已过万重山"，极写行船速度之快，把那种重获自由的愉悦心情通过一首短诗表达出来。

上元三年，李白与世长辞。关于李白的死，历来众说纷纭，有人说李白是死于重病，有人说李白是醉酒后溺死的，还有人说李白是饮酒过度而死。不过，比较浪漫的一种说法，是李白醉酒后为了捞水中的月亮而溺死了，这种说法与李白的性格十分吻合。人们宁愿相信李白是以这样浪漫的方式结束了自己传奇的一生。

李白的一生，求仙问道、四处漂泊，既曾入仕做官，也曾隐居山林，说他的一生是传奇一点也不为过。

李白被后人称作"诗仙"，他的仙风道骨、万丈豪气，都是前无古人后无来者的。中国的文学星空，也因有了李白，而更加璀璨夺目。

诗圣杜甫

杜甫，是中国文学史上一个振聋发聩的名字。他与李白齐名，并称"李杜"，而他也被后人尊为"诗圣"。

杜甫经历了唐朝由盛转衰的时代，因此他的诗具有强烈的现实主义倾向，被称为"史诗"。特别是对安史之乱后，百姓艰难生活的描绘，他的"三吏""三别"对现实的揭露入木三分。

杜甫出生在一个传统的儒学家庭中，他的祖父是著名的诗人杜审言。杜甫的家庭，有着良好的文学传统，在家庭环境的熏陶下，他七岁就开始学诗，十五岁就因诗而扬名。但是杜甫并没有因为诗歌才华而一帆风顺，他仕途不顺，只做过一些小官，而且他的诗歌在当时也没有受到重视。

三十岁之前，杜甫一直在学习和漫游。二十岁时，杜甫漫游吴越之地，后来回洛阳应试，没有考中，于是又出外漫游，到了齐赵。这期间，他结识了李白、高适，三人一起交游。在游历齐鲁大地时，杜甫被泰山的巍峨所震撼，写下了《望岳》：

"岱宗夫如何，齐鲁青未了。造化钟神秀，阴阳割昏晓。荡胸生层云，决眦入归鸟。会当凌绝顶，一览众山小。"

在这首诗中，杜甫极写了五岳独尊的泰山的巍峨壮丽，他觉得造物之神把天地间的钟灵毓秀都给予了泰山，高耸的山峰把山的两边分成了阴阳两极。最后一句"会当凌绝顶，一览众山小"，体现了杜甫当时渴望登上人生巅峰的豪情壮志。只可惜，杜甫的志向最终也没能实现。

结束了漫游之后，杜甫又来到长安应试，但是仍然没有考中。当时的朝野，宰相李林甫权倾一时，杜甫求官无门，只能过着四处献诗的悲惨生活，也一度做过参军府上掌管府库钥匙的小官。正是这样的生活，让杜甫看到了统治阶级内部的黑暗，看到了朝廷穷兵黩武造成的严重危害，他写了一首《兵车行》，来控诉连年的战争：

"车辚辚，马萧萧，行人弓箭各在腰。爷娘妻子走相送，尘埃不见咸阳桥。牵衣顿足拦道哭，哭声直上干云霄。"

在诗的一开头，杜甫就写了一出送别亲人的场景，被征召戍边的将士即将远行，家中老小都出来相送，哭声直冲云霄。可是为什么会这样悲伤呢？杜甫借一位行人之口问出了这个问题。原来，是因为这些年征兵太过频繁，很多人从成年被征去戍边，一直到老才能回来。

"信知生男恶，反是生女好。生女犹得嫁比邻，生男埋没随百草。"

百姓们禁不住艰难困苦的生活，从而产生了生女儿好的想法，殊不知生了儿子会被征去戍边，但是女儿即使嫁了人，也逃不过孤独一生、被人欺凌的命运。通过《兵车行》，杜甫将自己眼中所见的民不聊生写出来，反对不义战争，揭露统治阶级对人民的压榨。通过沉郁顿挫的文字，他忧国忧民的情怀显而易见。

《丽人行》描写的是杨贵妃和哥哥杨国忠春游时的场景，诗中铺陈了他们一行人的奢侈华贵：

"绣罗衣裳照暮春，蹙金孔雀银麒麟。头上何所有？翠微盍叶垂鬓唇。背后何所见？珠压腰衱稳称身。"

他们穿的是绫罗绸缎，吃的是山珍海味，随行的都是达官贵人，气焰高傲。杜甫通过描写这样奢华的场景，来讽刺杨氏兄妹的骄奢淫逸以及统治阶级的黑暗。

天宝十四年，杜甫从长安前往奉先县探望妻儿，写了一首《自京赴奉先县咏怀五百字》。在这首长诗中，杜甫写了自己回家路途的艰险以及家中所遭遇的不幸。"杜陵有布衣，老大意转拙。许身一何愚，窃比稷与契。"在诗的开头，杜甫用自嘲的口吻，回忆了这些年自己的郁郁不得志。但是尽管如此，他内心的志向依然没有改变，他说自己的报国志向就像是"葵藿倾太阳，物性固莫夺"，他鄙视那些专事干谒的人，不与他们同流合污，但是又报国无门，只能"沉饮聊自遣，放歌破愁绝"。接下来，杜甫开始写自己从长安回奉先县的过程，当时正是严冬，天气条件十分恶劣，"岁暮百草零，疾风高冈裂。天衢阴峥嵘，客子中夜发。霜严衣带断，指直不得结。"

清晨，杜甫经过骊山，此时，唐玄宗和杨贵妃正在骊山行宫游玩，行宫里歌舞升平，芙蓉帐暖，大臣们也饮酒作乐，不思国事。"中堂舞神仙，烟雾蒙玉质。暖客貂鼠裘，悲管逐清瑟。劝客驼蹄羹，霜橙压香橘。"他们的吃穿用度，都十分精致奢华，然而"朱门酒肉臭，路有冻死骨"，杜甫用这样一个鲜明的对比，勾画出了王公贵族们的荒淫无度和百姓在压迫下生不如死的生活情景。

经过了艰险的路途，杜甫回到了家，但是到家后却发现，自己的儿子因为饥饿不幸夭折了。杜甫在悲痛之余，联想到天下还

有无数这样的家庭，而他们已经算得上是比较好的了，那些还要背负租税、徭役的家庭，该过得如何悲惨呢？杜甫不禁悲从中来，忧愁难解。

这首诗，不仅写出了百姓生活的艰苦，揭露了统治阶级的腐朽，杜甫也借此抒发了自己未能实现的志向，同时，也体现了杜甫兼济天下的胸怀。整首诗写得沉郁顿挫，情感跌宕起伏，时而平静，时而高涨，叙事和抒情相结合，感人至深。

安史之乱爆发后，杜甫被叛军俘获，押到了长安。在长安，他看到残破的城垣，听到官军节节败退的消息，悲从中来，写下了那首著名的《春望》。诗中那句"感时花溅泪，恨别鸟惊心"让城中的花和鸟都带上了一层亡国的悲哀，更突显了诗人的悲痛。随后，他又用诗的形式，把安史之乱期间他的所见所闻所感记录了下来，写成了"三吏""三别"，分别是《石壕吏》《新安吏》和《潼关吏》，《新婚别》《垂老别》和《无家别》，真实地反映了战乱中百姓的生存状况，具有"诗史"的价值。

随着官军的败退，杜甫开始携家眷逃难，开始了他晚年的流亡生涯。在巴蜀，他过了一段安定的生活，也有了《春夜喜雨》中"随

风潜入夜，润物细无声"那种短暂的喜悦。然而，生活还是十分艰苦的，杜甫盖起的茅屋受到一场秋风的侵袭，又唤起了他内心无比的沉痛。杜甫于是写下了《茅屋为秋风所破歌》，在描写自己恶劣的居住环境的同时，也发出了呼告："安得广厦千万间，大庇天下寒士俱欢颜"。这句诗，体现的仍然是杜甫兼济天下、忧国忧民的情怀。

随着蜀中军阀作战，杜甫又被迫开始漂泊，流落梓州。在梓州，杜甫听闻官军打了胜仗，叛军纷纷投降，持续七年之久的安史之乱终于结束，喜不自胜，写下了《闻官军收河南河北》。这是杜甫少有的风格清新明快的诗，"白日放歌须纵酒，青春作伴好还乡"。此时的杜甫获得了几年没有过的快乐，他想一夜之间回到关中，来庆祝这胜利。但是战乱后，社会百废待兴，国家满目疮痍，而且此时军阀割据，杜甫并没有过上安定的生活，一直漂泊着。

晚年的杜甫一直疾病缠身，忧思缠绕。他独自登上夔州白帝城外的高台，登高远望，看到落叶飘零，长江东去，不禁百感交集，写下了这首被誉为"七律之冠"的《登高》：

"风急天高猿啸哀，渚清沙白鸟飞回。无边落木萧萧下，不尽长江滚滚来。万里悲秋常作客，百年多病独登台。艰难苦恨繁霜鬓，潦倒新停浊酒杯。"

这首诗成为了杜甫最有名的七律之一，也成了其诗风沉郁顿挫的代表之作。"无边落木萧萧下，不尽长江滚滚来"一句更是千古传唱。

公元770年，杜甫最终因为贫病交加，死在了漂泊的孤舟上。

杜甫的一生是悲凉的，他不像李白那样恰逢大唐盛世，而是经历了唐朝由盛转衰之时。因此，他的诗歌多反映现实社会状况，反映民生疾苦，揭露黑暗统治，抒发内心悲愤。虽然在当时，杜甫的诗没有受到太多的重视，但是他在诗歌史上的成就和地位是无可争议的。他的诗歌创作，始终包含着对下层民众的同情，贯穿着忧国忧民的主线，用沉郁顿挫的笔调，书写了一段历史。

从宫庭到民间

白居易，字乐天，号香山居士、醉吟先生。他出生在一个官僚家庭，但是官位不高。他的青年时期生活比较艰苦，饱尝辛酸，十一岁起就因为战乱，过起了颠沛流离的生活，但也因此了解了下层百姓生活的艰辛。

十六岁时，白居易来到了长安。有一次，他去拜访当时的名士顾况，顾况看了他的名字，调侃他说："米价方贵，居亦弗易。"意思是说，米价这么贵，居住可不容易啊！而当他看了白居易的作品《赋得古原草送别》后又说："道得个语，居即易矣。"意思是能写出这样的诗作，居住在长安也容易啊！可见白居易的才气之高已经得到了前辈的赏识。

《赋得古原草送别》，通过对生生不息的野草的描绘，赞颂了生命，也抒发了对友人的依依惜别之情。写景抒情相结合，意境浑融。白居易凭借着这首诗，得到了顾况的赏识，也开始了自己在长安的生活。接着白居易开始投考进士，二十八岁进士及第，两年后，拔翠科及第，又过了一年，被封为秘书省校书郎，定居长安。

白居易早年仕官生活还算顺

利,一路官至左拾遗,他的直言劝谏也往往被皇帝采纳。在这段时间,白居易写了有名的长诗《长恨歌》。

《长恨歌》描写的是唐玄宗和杨贵妃的爱情悲剧。白居易在诗中细致地描写了"杨家有女初长成",她天生丽质,深得君王宠爱,集三千宠爱于一身。但是唐玄宗因迷恋杨贵妃的美色,流连于暖帐春宵,以至于"从此君王不早朝",耽误了国事。直到安史之乱爆发,唐玄宗携杨贵妃出逃,到了马嵬坡下,将士叛乱,要求杀死杨贵妃这一红颜祸水,唐玄宗无奈之下,只能将杨贵妃赐死。

"蜀江水碧蜀山青,圣主朝朝暮暮情。行宫见月伤心色,夜雨闻铃肠断声。天旋日转回龙驭,到此踌躇不能去。马嵬坡下泥土中,不见玉颜空死处。君臣相顾尽沾衣,东望都门信马归。归来池苑皆依旧,太液芙蓉未央柳。芙蓉如面柳如眉,对此如何不泪垂?"

在逃亡的途中,唐玄宗日夜思念死去的杨贵妃,回到宫中,触景生情,看到物是人非,思念之情无法排遣。大臣看到唐玄宗日夜思念,便叫一位道士去寻找杨贵妃的魂魄。在玲珑楼阁中,唐玄宗终于和杨贵妃重新相遇:

"金阙西厢叩玉扃,转教小玉报双成。闻道汉家天子使,九华帐里梦魂惊。揽衣推枕起徘徊,珠箔银屏迤逦开。云鬓半偏新睡觉,花冠不整下堂来。风吹仙袂飘飘举,犹似霓裳羽衣舞。玉容寂寞泪阑干,梨花一枝春带雨。"

这一仙境的描写,虚实结合,十分生动。最后,二人互留信物,依依惜别。长诗的最后,诗人发出了感慨"天长地久有时尽,此恨绵绵无绝期",这是对于这场爱情悲剧的同情和叹惋。《长恨歌》有着双重的主题,既有对唐玄宗和杨贵妃爱情悲剧的同情,也有对唐玄宗重色误国的不满和谴责。《长恨歌》的叙事性比较强,语言也通俗易懂,体现了白居易诗歌平易近人的特点。

白居易在元和元年,开始了《新乐府》的写作,都是因事立题的讽喻诗,《卖炭翁》就是其中的一首。诗中写一位卖炭翁,他生活艰苦,"满面尘灰烟火色,两鬓苍苍十指黑"。"可怜身上衣正单,心忧炭贱愿天寒",这一句,将那种矛盾的心理写得出神入化。卖炭翁休息之时,遇见了宫中太监的爪牙,他们强买强卖,几乎是抢走了卖炭翁的一车炭,只给了卖炭翁半匹纱和一丈绫作为报酬。通过这首诗,白居易写出了下层贫苦人民在压榨下的艰难生活,笔触十分真实,入木三分。

公元815年,四十四岁的白居易被贬为江州司马。这次贬谪也成了他人生的分水岭,白居易曾经怀着报国的热情,希望可以兼济天下,但被贬谪后,他开始更关注自我。白居易在江州生活虽然艰苦并且郁郁不得志,但是这段时期他和友人、弟弟一起交游,生活

的也比较恬淡自如。在江州，他写下了长诗《琵琶行》。

《琵琶行》描写的是他在浔阳江头送别朋友时遇见了一个琵琶女的故事。白居易并没有直接写琵琶女，而是用了未见其人，先闻其声的方法，写了琵琶女的琴声精妙，让"主人忘归客不发"，他们听到琴声就邀她相见，见面后，琵琶女并没有自我介绍，而是先弹奏了一段：

"转轴拨弦三两声，未成曲调先有情。弦弦掩抑声声思，似诉平生不得志。低眉信手续续弹，说尽心中无限事。轻拢慢捻抹复挑，初为《霓裳》后《六幺》。大弦嘈嘈如急雨，小弦切切如私语。嘈嘈切切错杂弹，大珠小珠落玉盘。间关莺语花底滑，幽咽泉流冰下难。冰泉冷涩弦凝绝，凝绝不通声暂歇。别有幽愁暗恨生，此时无声胜有声。银瓶乍破水浆迸，铁骑突出刀枪鸣。曲终收拨当心画，四弦一声如裂帛。东船西舫悄无言，唯见江心秋月白。"

在这一段中，白居易用了比喻、通感的手法，极写琵琶女的琴声之精妙，弹奏了一段后，琵琶女才道出自己的身世。她本是名属教坊的琵琶女，技艺高超，在过惯了纵情声色的日子后，年老色衰，于是嫁给了一个商人。"商人重利轻别离"，琵琶女由此过起了孤独凄苦的生活。听到这里，白居易发出了"同是天涯沦落人，相逢何必曾相识"的感叹。他讲述了自己在江州的悲惨生活，与琵琶女心有戚戚。白居易借《琵琶行》，一方面表达了对琵琶女的同情，另一方面也抒发了自己被贬谪后凄惶的心情。全篇按时间顺序来叙事，中间穿插了对往昔的追忆。简明易懂的语言使得《琵琶行》广为流传。

公元820年，白居易被召回长安。在长安做了两年的官后，因为上书议事未被采纳，于是请求到外地任职，外放为杭州刺史。他在杭州任职期间，有着卓越的功绩。当时，杭州西湖没有得到很好的治理，旱天不能灌溉，雨天不能蓄洪。于是白居易在西湖东北岸筑起了一座大堤，用来调节湖水，使得西湖发挥了灌溉农田、供给饮水、调节蓄洪的作用。白居易还亲自写了《钱塘湖石记》，刻成石碑，立在湖边。人们把这座大堤称为"白公堤"，来歌颂和纪念白居易。

苏杭的美景让白居易心旷神怡，他在这里写了《钱塘湖春行》：

"孤山寺北贾亭西，水面初平云脚低。几处早莺争暖树，谁家新燕啄春泥。乱花渐欲迷人眼，浅草才能没马蹄。最爱湖东行不足，绿杨阴里白沙堤。"

这首写景诗用细腻的笔触，写了西湖畔初春时的美景，描画真实，通俗易懂。

白居易的诗歌，没有艰难晦涩的句子。相传白居易每次写完诗，都会到乡村去，拿给村里的老太太去读，如果老太太能够读懂，那么就留下这篇。如果其中有难懂的句子，那么就再回去修改。可见白居易在写作时，并不追求语言的生新，而是在平易含蓄中见真情。

白居易的诗在唐代流传广泛，上自宫廷，下至民间，处处皆是。白居易死后，唐宣宗曾亲自为他撰写悼词：童子解吟《长恨曲》，胡儿能唱《琵琶》篇。其影响之深，由此可见。

深远的意境

李商隐，晚唐著名诗人。晚唐的诗歌与盛唐相比，已经出现衰落的趋势，但是李商隐的出现，让晚唐的诗坛出现了一些新的活力。

他的诗构思新颖，风格秾丽，许多爱情诗和无题诗都写得缠绵悱恻，引人入胜。

李商隐小的时候生活很艰苦，父亲在他十岁时就去世了。李商隐作为家中长子，早早承担起了照顾家庭的责任，帮人抄写文书来贴补家用。少年时的艰苦生活，对李商隐的影响很大，他十分渴望入仕做官以光耀门楣，但是早年的经历又让他性格忧郁清高，这并不利于他仕途的发展。十六岁时李商隐写了两篇文章，得到当时的士大夫们的好评，而其中一位就是对李商隐一生都影响极大的令狐楚。

令狐楚擅长骈文，他十分欣赏李商隐的文才，在写作上给了李商隐很多指点，并且给了他金钱上的资助。在令狐楚的指点下，李商隐的文才有了很大的进步：

"微意何曾有一毫，空携笔砚奉龙韬。自蒙夜半传书后，不羡王祥有佩刀。"

通过这些充满了豪气的语句，李商隐表达了对令狐楚的感激之情以及自己的豪情壮志。

为了能在仕途上有所发展，出身不高的李商隐必须要考取进士或者投靠幕府。在应举之路上，李商隐走得并不顺利，失败了很多次，与他一起游学的令狐楚的儿子令狐绹则很早就中了进士。由此，李商隐也看到了有权势的人们互相提携的内幕。直到文宗

开成二年，李商隐才中了进士。考取进士后，几经周折，李商隐获得了官职，但因为与同僚有矛盾并且远离权力中心，难以有所发展，李商隐最终还是辞去了官职。

后来，李商隐经过调整重回朝廷，准备大展宏图。然而就在这时，他的母亲去世了。等他守孝三年再次回到朝廷时，那种有利的局势已经一去不返，在这之后，李商隐再也没有升迁过。他主动跟随一位官员到了南方，做了一个小官。此后，李商隐又几经辗转，但始终没有大的起色，自己也不再抱任何希望。后来，他辞官回乡，最终病死在了故乡。

虽然仕途多有不顺，但是李商隐在文学上的成就却是无可争议的。李商隐的诗歌风格受到李贺的影响，在章法结构上则深受杜甫、韩愈的影响。李商隐的诗歌，抒情往往并不直白，而是大量用典，尽管有时会晦涩难懂，但是整体上，诗歌写得凄艳浑融，意境悠远。李商隐的诗，大体可以分为四类：

第一类是与政治有关的诗和咏史诗。李商隐的一生都在宦海中漂泊，政治在他的一生中占据着很重要的位置。他的诗借助历史题材来表达对时局的不满，同时抒发自己的志向，比较有名的是《韩碑》《随师东》《富平少侯》等。其中，《富平少侯》是一首借古讽今的诗，用汉代之事来讽喻唐代：

"七国三边未到忧，十三身袭富平侯。不收金弹抛林外，却惜银床在井头。彩树转灯珠错落，绣檀回枕玉雕锼。当关不报侵晨客，新得佳人字莫愁。"

诗中塑造了一个世袭了侯位的贵族公子形象，他奢侈荒淫、花天酒地。李商隐借这个人物，暗讽当朝的许多王公贵族，揭露了他们贪图享乐、不思国事的形象，表达了心中的不满和对国家的忧虑，十分犀利。

第二类是抒发自我情怀的诗。李商隐政治失意，只能通过诗歌来排遣内心的愤懑和忧郁。他的《安定城楼》《乐游原》都是这一类的诗。

"向晚意不适，驱车登古原。夕阳无限好，只是近黄昏。"

这是李商隐著名的《乐游原》。乐游原是一个黄土塬，作者借登上乐游原的所见所感，来抒发自己的感叹。这首诗十分短小，前两句交代了自己登上乐游原。后两句，在看到夕阳时，感到无限的美好，但是随即想到这美好的夕阳意味着黄昏的到来，心中产生了无限的忧思。联想到自己也是人到晚年，纵使晚景很美，但依然禁不住时光的流逝，内心生出无限的感伤。同时，这首诗也表达出，昔日盛极一时的大唐帝国，如今已经有了很严重的社会危机，表达出一种对于国家前途的忧思。

第三类是感情诗。李商隐最为人所熟知的，应该是他的无题诗，这些诗多是描写对爱情的体验，情感细腻真挚，含蓄浑融。但是，因为李商隐喜欢在诗中大量运用典故，并且没有题目，因此很多无题诗都比较难懂，只能根据整首诗来把握他所想要表达的含蓄深远的意境。

"昨夜星辰昨夜风，画楼西畔桂堂东。身无彩凤双飞翼，心有灵犀一点通。隔座送钩春酒暖，分曹射覆蜡灯红。嗟余听鼓应官去，走马兰台类转蓬。"

这首诗，写的是诗人追忆前夜参加宴会，在席间与意中人相遇的场景，整首诗都是在描写回忆。诗人回想起昨夜的场景，想到那个设在后堂的宴会，通过星辰和风、画楼桂堂这些外部景物，烘托出昨夜那种温馨的气氛。在席间，作者邂逅了自己的意中人，两人虽然不能像彩凤一样，可以用双翅飞越重重阻碍，与意中人在一起，但是两人就像心中有通灵的犀角一样暗自相通。"身无彩凤双飞翼，心有灵犀一点通"也成了后世表现恋爱中男女心意相通的名句。

"相见时难别亦难，东风无力百花残。春蚕到死丝方尽，蜡炬成灰泪始干。晓镜但愁云鬓改，夜吟应觉月光寒。蓬山此去无多路，青鸟殷勤为探看。"

这是李商隐另一首有名的无题诗，首句用两个难字，表现了心中的不舍之情，这种感情，让东风也无力，百花也凋零。接下来，作者用"春蚕"和"蜡炬"来自喻，表达出自己的绵绵情思直到死才会停止。看着镜中青丝变白发，不禁觉得月光也变得寒冷。这一别又不知何时才能相见，只是希望青鸟能够为自己传递相思之情。整首诗把那种离别时的忧思表现得十分到位，"春蚕到死丝方尽，蜡炬成灰泪始干"也由此成为了千古名句。

这两首无题诗都有一个共同的特点，就是情感抒发比较含蓄，整首诗有一种朦胧的气氛，语言含蓄凝练，将爱情描写得十分凄婉，并且一并抒发了自己的身世之感。

"锦瑟无端五十弦，一弦一柱思华年。庄生晓梦迷蝴蝶，望帝春心托杜鹃。沧海月明珠有泪，蓝田日暖玉生烟。此情可待成追忆，只是当时已惘然。"

《锦瑟》一诗，也保留了无题诗的风格。在这首诗中，用了很多典故，使整首诗非常含蓄内敛。锦瑟的每一根弦，都让人不禁想到自己的青春年华，接下来用了四个典故，分别是"庄周梦蝶""望帝化鹃""蛟龙流泪""美玉生烟"。曾经的美好年华都留在回忆中，在那时看来却是那样的稀松平常。这首诗写得十分隐晦、朦胧，那种若有若无的情感始终萦绕在左右，表达出的是一种对往昔的追忆，对年华匆匆逝去的叹惋。

与《无题》和《锦瑟》相比，《夜雨寄北》的抒情相对直白一些：

"君问归期未有期，巴山夜雨涨秋池。何当共剪西窗烛，却话巴山夜雨时。"

这首诗是李商隐在一个雨夜写给妻子的诗。在诗中，他想象自己有一天和妻子相聚，一起诉说这个雨夜的场景。这首诗写得朴实无华，自然流畅，但是那种时空的交错感却营造出了一种别样的意境。

第四类是应酬和交际的诗，这类诗多是他写给别人的，诗中抒发了自己内心的不平和对进仕的渴望。

李商隐的诗具有鲜明而独特的艺术风格，文辞清丽、意韵深微，很多诗可以有多种理解，作多种解释。李商隐的诗中喜欢用典，使得诗歌的文学性很强，但是有些诗也因为大量用典而比较晦涩。

他的诗，似乎刻意不想被人看懂，很多诗作都是在抒发自己内心朦胧的忧思，似真非真，十分含蓄。他的风格，对宋初西昆体诗人产生了很大影响，西昆体的馆阁文臣们十分推崇李商隐，从而形成了一个新的流派。

柳宗元的游记

柳宗元，字子厚，祖籍山西，后迁长安，世称柳河东。因官终柳州刺史，又称柳柳州。作为唐代文学家、哲学家，唐宋八大家之一，他又因与韩愈共同倡导唐代古文运动,并称韩柳。

柳宗元出身官宦家庭,这样的家庭背景使得柳宗元从小就有机会读书学习,受到良好的教育。但他的幼年时期,恰逢安史之乱之后,民生凋敝,百废待兴,社会动荡,因此他的童年过得也并不那么无忧无虑,反而让他少年老成,心性敏感。他二十一岁时考中进士,二十六岁中博学弘辞科,通过科举考试,柳宗元在政治上飞黄腾达,年纪轻轻就取得了令人瞩目的成就。柳宗元像很多儒家学者一样,坚持着"达则兼济天下"的原则,于是在自己取得了成就之后,就加入了王叔文"永贞革新"的队伍之中,希望能用自己的力量来推动社会的发展。

然而,这场改革进行得并不顺利,仅仅持续了半年,就以失败告终。柳宗元因此获罪被贬,外放为永州司马。柳宗元的母亲跟随儿子一同前往永州,因长途跋涉,身体难以承受这种劳累,加上永州瘴气很多,而且在当时属于蛮荒之地,各方面条件都很差,使得老母的身体无法得到很好的恢复和照料，到永州才半年，老母就去世了。柳宗元对母亲的死感到十分内疚和自责，他觉得是因为自己在政治上的失利才导致老母受到连累最终去世的。在这种双重打击下，柳宗元自己的身体状况也急转直下。

但柳宗元并没有因为这一次的失败而消沉，在苦闷的日子里，他不忘嘱托友人替自己向朝廷表明忠心和志向，希望有朝一日能再次回到朝廷施展抱负。但是无奈，因为柳宗元的被贬，朋友们都怕受牵连，因而都不愿帮他的忙。失望之余，他渐渐地开始关注自己的内心世界，寄情于山水，写出了许多脍炙人口的作品。

在永州，为了排遣内心的忧郁，柳宗元常常游山玩水，写下了诸多游记作品。其中《始得西山宴游记》《钴鉧潭记》《钴鉧潭西小丘记》《至小丘西小石潭记》《袁家渴记》《石渠记》《石涧记》《小石城山记》总称为《永州八记》。这八篇文章，都写得清丽俊秀，文笔优美，但分开来，每一篇又各有其意境与特色，组在一起，形成了一幅优美的永州山水画卷。

柳宗元的山水游记，音节铿锵，语言精致，描绘的图景栩栩如生。这一点，承袭了《水经注》的传统，让文中所描写的画面通过文字呈现出来，让人仿佛亲眼看见一般。柳宗元还着重在诗情画意中融入自己的感受，并且不着痕迹地将自己内心的情感表达出来，呈现了情景交融的境界。

柳宗元的诸多游记中，最有名的当数《始得西山宴游记》和《至小丘西小石潭记》了。

《始得西山宴游记》是《永州八记》的第一篇。在这篇文章中，作者描写了西山的险峻以及自己在西山游玩时的欢乐心情，也写了与宾客宴饮时的乐趣，表达了自己寄情山水的志趣。在西山顶上，作者居高临下，骋目远眺，才知道"吾向之未始游，游于是乎始"，自己先前的游历都不算什么，西山才是真正的奇观美景。通过记叙这次在西山的所见，柳宗元表达了自己内心傲岸的情怀，寓意深远。

《至小丘西小石潭记》同样是《永州八记》之一，也称《小石潭记》。全文仅有193字，运用了移步换景、特写、变焦等手法，把"小石潭"的动态美刻画得淋漓尽致。"从小丘西行百二十步，隔篁竹，闻水声，如鸣佩环，心乐之。伐竹取道，下见小潭，水尤清洌……"优美的文字写出了"小石潭"环境的幽静，使读者感觉那里的景物、声音、色彩都仿佛近在眼前。作者也借这篇游记，抒发了不幸遭到贬谪的郁闷失意。

柳宗元本以为这一生要老死于永州了。然而元和十年（公元815年），即他到永州的第十年，从京城来了一道诏书招他回京。柳宗元怀抱着满腔的热忱和重新拼搏的希望回到了京城，等待他的却是一次新的政治打击，刚回到京城没有多久就遭到政党的围剿，再次被流放。这一次，他被贬放到比永州更荒凉的柳州。

虽然说柳州比永州更加荒凉偏远，但这一次柳宗元担任了柳州刺史的职务，是一个有实权的官职，不用再像在永州时那样碌碌无为。他在柳州有了很大的一番作为，推行很多政策来改善教化，使得当地的生活水平和文化水平都有了很大的提高。柳州的人民都十分感激这位尽职尽责的刺史。元和十四年（公元819年），柳宗元由于工作太过辛苦，积劳成疾，在柳州病逝。

柳宗元去世以后，柳州的百姓为了纪念他的功德，在罗池一带建立了一座罗池庙。他的好友，也是著名的文人刘禹锡，把他的作品收录编纂成集，名为《柳河东集》。他的慷慨仁德，他的飞扬文采，终会永远被人们牢记在心。

第五章 词韵的风流

千古风流人物

苏轼是北宋著名散文家、词人、诗人、书画家，号"东坡居士"，世称"苏东坡"。他是豪放词派的创始者，其词风多豪放洒脱，在宋词的创作史上独树一帜。此外，他与父亲苏洵、弟弟苏辙合称三苏，同在唐宋八大家之列。

苏轼自小聪慧，他19岁进京赶考，凭着出色的实力，一举考中进士。他所作的《刑赏忠厚之至论》开合自如、旁征博引，深得欧阳修的赏识，并将这篇文章献给了宋仁宗。仁宗在看完这篇文章之后也对苏轼大加赞赏，这极大地鼓舞了苏轼的从政之心，也开始了他起伏跌宕的政治生涯。

命运似乎总是捉弄着苏轼。当朝皇帝想要重用他，结果遇上了好事的韩琦，说苏轼太年轻，缺少磨炼，所以暂时还不能委以大任。这不免让苏轼暗暗叫屈，但也无可奈何。每当提及此事，

他都自嘲地将韩琦的阻拦说成是前辈"爱人以德",并表示自己愿意等待。然而等了几年,不但没有传来任用的消息,他的父亲苏洵却仙逝了。按照当时的定例,苏轼应回乡为父守丧,因此苏轼任用之事不了了之了。更不幸的是,朝廷想要重用苏轼的传闻勾起了朝中一些人的嫉恨。苏轼顿时成了朝中那些争权夺利的政治明星的"眼中钉"。

等到苏轼守制归来,朝中的形势已经发生了惊人的变故:赏识苏轼的英宗逝去,对苏轼有过许诺的韩琦已不再是当朝宰相,新党掌握了朝廷的主导权。道不同不相为谋,新党与苏轼原本就政见不合,所以更不可能被任用了。为了能过上安生的日子,苏轼只好要求外放。然而新党却并不放心就这样将他放走。在他们看来,苏轼就如同眼中钉、肉中刺一样,随时都可能威胁到他们的政治。于是为了防止苏轼碍事,便说他的诗词作品中有讥讽朝廷的意蕴,给他安了个讥讪朝廷的罪名,将在杭州任职的苏轼拘进了汴京御史台的大狱,蹲了四个月的监牢,几乎濒临被砍头的境地。幸亏北宋在太祖赵匡胤年间即定下不杀士大夫的国策,苏轼才算躲过一劫。这也就是史上有名的"乌台诗案"。

放出监狱后,苏轼被贬往黄州担任团练副使,这个职位相当低微,也就相当于现代民间的自卫队副队长。经此牢狱之灾的苏轼已变得心灰意冷,加上贬谪的打击,于是便有了归隐田间的打算,开垦了一块坡底,并自己取名为"苏东坡"。

宋神宗元丰七年,苏轼奉诏离开黄州,赴汝州就任。由于长途跋涉,旅途劳顿,苏轼的幼儿不幸夭折。丧子之痛,加上路途的艰辛,苏轼只好上书朝廷,请求暂时居住常州。不久,神宗驾崩,哲宗即位,高太后听政,新党势力倒台。司马光重新被启用为相。苏轼于是又以礼部郎中被召还朝,并官升翰林学士知制诰。然而,当他看到旧党势力拼命压制新党集团人物及尽废新法后,认为其与所谓"王党"简直就是一丘之貉,于是再次向皇帝提出谏议。

至此,苏轼是既不能容于新党,又不能见谅于旧党,因而再度自求外调。于是他又再次回到了杭州当太守。这次的生活总算是过的惬意:"欲把西湖比西子,浓妆淡抹总相宜。"这一出自苏轼之手的千古名句也成了他那时生活的写照。

元祐六年(1091年),他又被召回朝。不久又因为政见不合,被外放到了颍州。元祐八年,新党再度执政,苏轼再次被贬。后徽宗即位,他又被调廉州安置、舒州团练副使、永州安置。元符三年大赦,后又任朝奉郎,在北归途中逝世于常州,谥号文忠,享年六十六岁。

苏轼虽然仕途坎坷,命途多舛,但这毫不影响他洒脱豪放的创作风格。作为诗词创作上的风流人物,他不仅仅拥有着旷达的胸怀,还拥有着一颗痴情的心。

苏轼的结发之妻叫王弗。王弗年轻貌美,知书达理,16岁时嫁给苏轼。性格"敏而静"的王弗,作为进士之女,开始并没有告诉苏轼自己通读诗书。只是每当苏轼读书的时候,她就会常伴左右,当苏轼有遗忘的地方,她就会给予提醒,这使得苏轼大为惊讶,顿时对这位新娶的妻子刮目相看。为人旷达的苏轼,待人接物难免会有所疏忽。为了能更好地帮助苏轼,每当苏轼与访客交往的时候,王弗经常会立在屏风后面倾听谈话,事后告诉苏轼她对某人性情为人的总结和看法,并提出自己的建议,可以说是苏轼绝佳的贤内助。

然而好景不长,情深不寿,与苏轼生活了十一年之后,年仅二十七岁的王弗就病逝于京师。这让苏轼悲痛万分,几乎达到了万念俱灰的地步。苏洵见苏轼如此情深，无法摆脱哀痛，便对苏轼说："王弗跟着你很不容易，你就将她安葬在她婆婆的墓边吧。"

谁知未及一年，苏洵也逝于京师。于是苏轼在护丧回家的同时，也将王弗葬在了自己母亲的墓旁。相思之情有增无减，苏轼甚至在埋葬王弗的山头亲手种植了三万株松树，以寄托自己对妻子的深情相思。

在十年之后的一个夜晚，苏轼又在梦中见到了王弗，仿佛回到了那时幸福甜蜜的生活。妻子倚窗梳妆打扮的场景还历历在目，可是醒来后发现那只是一场梦。现实的残酷令他伤感不已，于是哀痛之极的苏轼便写下了被誉为悼亡词天下第一的《江城子》：

"十年生死两茫茫。不思量，自难忘。千里孤坟，无处话凄凉。纵使相逢应不识，尘满面，鬓如霜。

夜来幽梦忽还乡。小轩窗，正梳妆。相顾无言，惟有泪千行。料得年年肠断处，明月夜，短松冈。"

整首词没有直白的抒情，却字字句句都能让人感受到他的思念与哀痛。

苏轼的情，不仅表现在对爱情的执着，还表现在对手足之情的重视。宋神宗熙宁九年中秋，苏轼因为与当权的变法者王安石等人政见不同，自求外放到密州做太守。在这之前他曾经要求调任到离苏辙较近的地方为官，以求兄弟多多聚会，然而却始终没有实现这一愿望。正值这一年的中秋，皓月当空，银辉遍地，与胞弟苏辙分别之后，转眼已七年未得团聚了。此刻，面对着这样一轮明月，苏轼心潮起伏。于是乘酒兴正酣，挥笔写下了著名的《水调歌头》：

"明月几时有，把酒问青天，不知天上宫阙，今夕是何年，我欲乘风归去，又恐琼楼玉宇，高处不胜寒。起舞弄清影，何似在人间。

转朱阁，低绮户，照无眠。不应有恨，何事长向别时圆，人有悲欢离合，月有阴晴圆缺。此事古难全。但愿人长久，千里共婵娟。"

在大自然的景物中，月亮是最富有浪漫色彩的，她很容易启发人们的艺术联想。一钩新月，可联想到初生的萌芽事物；一轮满月，可联想到美好的团圆生活；月亮的皎洁，让人联想到光明磊落的人格。在月亮这一意象上便寄托了苏轼复杂而又矛盾的思想感情。

当时的苏轼虽已41岁，并且身处远离京都的密州，政治上很不得意，但对现实、对理想他仍充满了信心和希望。他想早早结束这贬谪的生活，回到朝廷。因为只有回到朝廷中，他才能实现政治理想。可是一想到朝廷的政治斗争，他又感到难以容身。面对着这样的矛盾与无奈，加之与胞弟苏辙长久离别的思念之情，使得他只有把酒问青天，望月怀人。

尽管频遭变故，经历如此的磨难，但始终没有改变苏轼的追求。他那豁达坦荡的性格使他始终保持着平静和超然，无论是立身庙堂还是流落江湖，对于未来，他总是怀有一种期待与希望，以至于在文学创作上也为后人留下了如此"风流"的一笔。他浪漫的爱情情怀以及可敬的手足之情都彰显了他作为一代才子的卓越风采。

江西诗源的开创

黄庭坚，字鲁直，自号山谷道人。他是北宋著名的诗人、词人和书法家。他的书法与苏轼、米芾、蔡襄并称"宋代四大家"。在诗词方面，他是苏门四学士之一，同时也是江西诗派的开创者之一，与杜甫、陈师道、陈与义并称为江西诗派的"一祖三宗"。

　　黄庭坚生于书香世家，父亲是著名的诗人，与欧阳修、梅尧臣等人都有交往。这样的家庭环境给了黄庭坚以潜移默化的影响。他自小聪颖过人，热爱读书，诗歌才华也展露得很早。相传他在七岁时曾经写过一首《牧童诗》："骑牛远远过前村，吹笛风斜隔岸闻。多少长安名利客，机关用尽不如君。"一个七岁的孩子所写的诗能有如此深刻的见解，将牧童和名利客相比较，足以看出他非凡的智慧。

　　他有一首有名的《浣溪沙》词云：

　　　　"新妇滩头眉黛愁，女儿浦口眼波秋。惊鱼错认月沉钩。青箬笠前无限事，绿蓑衣底一时休。斜风吹鱼转船头。"

　　相传这记叙的是黄庭坚与他妻子相见时的场面。当时只有十七岁的黄庭坚在父亲去世后，生活陷入了困苦，只能跟随舅父李常到淮南游学。在扬州，他认识了诗人孙觉，并且因为巧妙评判了杜甫和韩愈的两首诗得到了孙觉的赞赏，孙觉于是便把自己的女儿许配给了他。

　　孙觉是浙江兰溪人，被朝廷封为兰溪县君。他有一个女儿，才貌双全。很多王公贵族都想攀附这门亲事，娶孙觉女儿为妻，但是孙觉都看不上。孙觉很欣赏黄庭坚，想让他当自己的女婿，于是就借着请黄庭坚和他舅父喝酒的机会，让黄庭坚和女儿见面。孙觉的女儿是大家闺秀，琴棋书画样样精通，绣花的技艺也极其高超，黄庭坚为这位女子的气质所倾倒，于是和这位孙小姐谈诗论画，相见恨晚。渐渐的，他们变得熟悉了，开始一起外出游玩。有一天，他俩去郊游，来到兰荫山下，碧水东流，青山浩渺。黄庭坚看着眼前秀丽的风光，再加上有佳人陪伴在侧，不禁诗兴大发，写下了这首《浣溪沙》，用兰江的水光山色来写女子的美丽，用山峰来写女子的黛眉，用江水来写女子的眼波，暗暗地表达了对身边这位女子的爱慕之情。孙小姐也很倾慕黄庭坚的才华，于是二人结为连理。

治平四年，黄庭坚考取了进士，踏入仕途。在他考取功名的过程中，还有一段有趣的故事。嘉祐八年，黄庭坚参加省试，当时传说他中了解元，于是大家一起摆了宴席，喝酒庆贺。宴会期间，忽然有人来传话说：黄庭坚没有考中解元，反而是席间另外三个人考中了。于是大家纷纷散去，有的高兴有的失落，而庭坚仍若无其事，自己喝酒，喝完酒又与大家一同看榜，像什么事都没有发生一样。

黄庭坚的诗风不仅受到他个人性格的影响，也与他的政治生涯有着密切的关系。

初入仕途的黄庭坚并不是一帆风顺。他初任余干县主簿,后调往汝州叶县当县尉,途中写了一首《冲雪宿新寨忽忽不乐》诗:

"县北县南何日了,又来新寨解征鞍。山衔斗柄三星没,雪共月明千里寒。小吏有时须束带,故人颇问不休官。江南长尽捎云竹,归及春风斩钓竿。"

这首诗写的是他被调到各处做官,并且都是小吏,在面对高官的时候还需束带相迎,不知这种生活到何时才是尽头的郁郁心情。

熙宁五年,在诏举四京学官的考试中,黄庭坚取得了很好的成绩,被任为国子监教授。他在北京度过了七年。这七年中,他致力于诗歌创作,在艺术技巧上有较大的提高。元丰元年,黄庭坚为了表达对当时徐州太守苏轼的敬意,作了古风二首,并给了苏轼。苏轼读了他的诗后,认为"超绝尘,独立万物之表,驭风骑气,以为造物者游,非今世所有也"。黄庭坚由此诗名大震。

神宗即位后,王安石任宰相,开始了变法。但是,新法一开始实行就遭到了保守派的强烈反对。保守派的首领人物是司马光,苏轼也是保守派中的一员。直到北宋灭亡,两个派别之间的斗争都没有结束。黄庭坚虽然没有积极参加这场斗争,但他的一生却没有躲过这场斗争的影响。他没有两派那么鲜明的立场,他倾向于旧党,但是又敬佩王安石的人品,因此对斗争不置可否。

元丰三年,黄庭坚被任命为吉州太和县知县。为了了解当地人民的生产生活状况,他常常身体力行,深入到乡土生活中,考察人民的生活状况,对于农民的疾苦,无论是否会影响自己的仕途,都会如实上报。人称:"治政平易,人民行以安定"。在这期间,黄庭坚还写出了有名的《登快阁》:

"痴儿了却公家事，快阁东西倚晚晴。落木千山天远大，澄江一道月分明。朱弦已为佳人绝，青眼聊因美酒横。万里归船弄长笛，此心吾与白鸥盟。"

在这首诗中，作者描写了自己登阁远望之所见，景象阔大壮丽，同时通过用伯牙绝弦和阮籍青眼的典故，表达出自己对现实的无可奈何。

元丰六年，黄庭坚调任德州平镇的监镇压官。因在推行市易法的事情上与德州通判赵挺之争论，种下了后来遭受贬谪的祸根。元丰八年三月，神宗去世，哲宗即位，司马光任宰相。同年，黄庭坚写了有名的《寄黄几复》，来表达自己对远方好友的思念之情：

"我居北海君南海，寄雁传书谢不能。桃李春风一杯酒，江湖夜雨十年灯。持家但有四立壁，治病不蕲三折肱。想得读书头已白，隔溪猿哭瘴溪藤。"

在这首诗中，黄庭坚表达了对好友黄几复的思念，同时也抒发了自己的身世之感。他写了自己和好友黄几复一个在北方一个在南方的现实状况，即使想鸿雁传书也很难实现，当年喝下一杯离别的酒，竟然一别就是十年的时间。在这十年中，黄几复为官有道，而黄庭坚自己则是家徒四壁，生活得很不如意，现在头发已经开始变白，自己就像猿猴一样，只能哭诉自己的身世。

这一时期，也是黄庭坚诗风开始发生转变的时期，他在诗中已经减少了直接的抒情，也不再描摹往日醉心的自然景致，而是出现了更多与众不同的想法和意象。《题落星寺》四首也是他这一时期的名作：

"落星开士深结屋,龙阁老翁来赋诗。小雨藏山客坐久,长江接天帆到迟。宴寝清香与世隔,画图妙绝无人知。蜂房各自开户牖,处处煮茶藤一枝。"

落星寺的院落屋宇幽深寂静,龙图阁的老翁曾来这里写诗。淅沥的小雨就像是把青山藏了起来,游客闲坐在寺中;长江接天,帆影姗姗来迟。休息室里清香阵阵,仿佛与尘世隔绝;而优美绝伦的壁画不被人所知晓。千门万户的层层僧房好比蜂窝,处处都是用藤煮茶的场景。这首诗写的是烟雨蒙蒙中落星寺里清净淡雅的景象,意境深远。

绍圣元年十二月,因新党再次上台,为排除旧党异己,黄庭坚被贬为涪州别驾、黔州安置。在被贬期间,他没有像其他人那样乱了方寸,而是仍然坚持读书作诗,沉醉于艺术世界之中。绍圣四年十二月,黄庭坚移到戎州,找了一个僧寺住下来,把寺中的居室叫做"槁木庵"和"死灰",这是为了表明自己"身如槁木,心如死灰",从而避免遭受进一步迫害。

黄庭坚诗风的再度变化发生在崇宁年间,当时正值他被贬,经过宦海沉浮,他的创作呈现出一种积聚与压抑同时存在的风格。比如崇宁元年所写的:

"有人夜半持山去,顿觉浮岚暖翠空。试问安排华屋处,何如零落乱云中?能回赵璧人安在?已入南柯梦不通。赖有霜钟难席卷,袖椎来听响玲珑。"

黄庭坚借奇石的流落来悼念苏轼,但是这种感情却十分含蓄,被压抑克制在文字之下。这也是他后期风格的一个体现。

总的来看，黄庭坚一生的创作在风格上讲究"夺胎换骨""点铁成金"。所谓夺胎换骨，就是借用前人的诗意，用新的诗句将其表达出来。而点铁成金，则是指在诗中运用前人的诗句，并赋予它们新的含义。这两种方法的着眼点不同，前者是诗意，后者是诗句，但总体来说，就是借鉴前人的诗句或诗意，在继承的基础上加以创新，风格生新瘦硬。因为他推崇杜甫，所以他在诗作中经常会模仿杜甫，作为"江西诗派"的创始人之一，他的这种风格也影响着江西诗派后人的创作。但是黄庭坚以及"江西诗派"对杜甫的模仿仅仅停留在表面，忽略了杜甫的诗与当时社会现实的关系，只追求模仿杜甫的艺术成就，却忘记了杜诗极高的现实成就，因而造成了一种形式主义。

黄庭坚的诗法度森严，如危峰千尺，虽然在宋诗中并非杰出，但是他所推崇的夺胎换骨和点铁成金之说却对后世产生了影响。他的诗作，虽然有时会脱离现实，但是他在艺术上取得的成就是不可否认的。

大宋第一女词人

李清照是宋朝第一女词人，出生于济南一个文化素养很高的书香门第。她的前半生过着锦衣玉食、吟诗颂词的安逸人生。她的许多闺房诗词以感情细腻、辞藻清丽而闻名一时。

年少的思想单纯，自由自在，无忧无虑，在她早期的作品中深有体现，尤其是写水上风光和水上的活动。盛夏时节，她与姐妹们荡舟大明湖的往事，成为后来她时常追忆的快事。如《如梦令》一词：

"常记溪亭日暮，沉醉不知归路。兴尽晚回舟，误入藕花深处。争渡，争渡，惊起一滩鸥鹭。"

青春少女，藕花深处，日暮兴尽的归途中，不经意间，小舟误入藕花深处，如人在花中游，真是个"芙蓉向脸两边开"。欢快的词风便可看出她浑厚的创作功底和才华。

李清照的父亲李格非是当时山东的知名学者，官至礼部员外郎。

李清照自幼聪慧，在父亲的培养熏陶之下，吟诗作画样样精通，更写得一手好字。

建中元年（公元1101年），由父亲做主，18岁的李清照嫁给了丞相之子赵明诚。婚后，夫妻二人彼此恩爱，伉俪情深。所以这一时期，李清照的词作大多是深情款款的，透露的是李清照婚后的愉悦欢欣。由于当时赵明诚还是太学生，平日寄居在校舍，只有初一、十五才能请假回家，所以李清照不免要独自咀嚼离别的苦涩滋味，忍受离别的相思之愁。此后，赵明诚又长期在外，这长久的夫妻分离，使李清照写下了许多抒写离情别思的篇章：

"红藕香残玉簟秋，轻解罗裳，独上兰舟。云中谁寄锦书来？雁字回时，月满西楼。花自飘零水自流，一种相思，两处闲愁。此情无计可消除，才下眉头，却上心头。"

色彩鲜艳、气味芳香的红色荷花已经凋零殆尽，坐在精美的竹席上已经感觉到了秋的气息。萧瑟枯萎，叫离人更难以抵御相思愁绪的侵袭，这秋凉，似乎能穿透离人的心扉。而在这样的季节里，丈夫只身赴任，将自己独留在家中，离别的愁苦时时涌上心头。别离已成事实，令人深感无奈，就像花会不由自主地飘零，随着流水消逝而去一样。如花美眷，似水流年，一种无法把握自己命运的悲苦感觉充斥心中。

相思虽苦，慢慢咀嚼，总还有甜蜜的滋味涌上心头，即使瘦比黄花，总还是有牵挂的对象，为伊憔悴，心甘情愿。当痴痴的爱恋转化为逸事趣闻时，刻骨的滋味也会随之烟消云散。例如她的《醉花阴》引出的一段佳话：

"薄雾浓云愁永昼，瑞脑消金兽。佳节又重阳，玉枕纱厨、半夜凉初透。东篱把酒黄昏后，有暗香盈袖。莫道不消魂，帘卷西风，人比黄花瘦。"

然而，"靖康之变"改变了李清照的命运。靖康之变后，难以计数的北方人背井离乡，辗转逃难到东南丘陵地带。

南渡之后，赵明诚任建康知府。一天深夜，城里突然发生叛乱，作为地方最高长官的赵明诚惊惶失措，不知如何应对，只得偷偷弃城而逃。这样的行为无疑遭到了朝廷的一顿斥责，事后不久赵明诚便被撤了职。这样的事情，让身为人妻、豪气冲天的李清照羞愧难当，于是在逃窜中，两夫妇经常为此事发生矛盾，不禁心生隔阂。行至乌江，李清照得知这是当年项羽兵败自刎之处，不禁感慨万分，徐徐吟出一首诗：

"生当作人杰，死亦为鬼雄。至今思项羽，不肯过江东。"

身后的丈夫听着这金石之声，脸色顿时铁青，同时也露出了羞愧难当之色。赵明诚也为此心中抑郁成疾，加之颠沛流离之苦，无法及时就医，导致病情不断恶化，最终大病不起。

建炎三年(1129年)，49岁的赵明诚在流浪途中不幸病逝，只给李清照留下15车古籍文物和半部没有完成的《金石录》。李清照完成了《金石录》并且完整地保存了丈夫的遗物。但很快就有人盯上了这些财富。宋高宗宠信的御医王继先登门，提出用三百两黄金来收买李清照保存的古籍文物，但遭到了拒绝。后来，社会上又流传起李清照"颁金通敌"的传闻。原来有人指责李清照的作品中有对金国的赞颂之意，宣称李清照通敌。

当时金兵压境，朝廷本身流离不定。李清照为了证明自己的清白，携带古籍文物追赶朝廷，希望将这些文物献给朝廷，这样既为自己洗刷罪名，也保住文物不致流散。之后李清照孤独一身，带着这些文物书籍颠沛流离，一路奔波，辛苦可想而知。公元1132年，南宋局势略趋稳定，李清照决定将15车藏品中的绝大部分寄存到随皇室逃难到洪州的弟弟李远那里。然而，就在那年年底，金兵攻陷了洪州，藏品化为灰烬。

再次受到沉重打击的李清照带着随身的最后一点藏品辗转到了绍兴，决定在绍兴住下来。她租赁了一位钟姓读书人的房子，把所剩的几箱书画古玩置于卧榻之下。不料，一天夜里，窃贼挖墙而入，盗走了其中的五个箱子。李清照伤心欲绝，为了重获藏品，不得不公开悬赏寻物。没几天，那钟姓房东拿着十八轴画卷领赏来了。原来这一切都是姓钟的读书人主导的。他变卖了多数藏品，拿着剩下的画卷来领赏。李清照虽然知道真相，但自己是流落异乡的寡妇，无力抗争，只好花钱赎回画卷。

在李清照如此痛苦的时候，一个自称是赵明诚同学、时任右承奉郎监诸军审计司的张汝舟对李清照伸出了"援助之手"。他对李清照嘘寒问暖，关心备至，体贴有加，这让年近五十的李清照不禁心生感动。不久，张汝舟便对李清照展开了求婚攻势。一个身处异乡流落的寡妇，也希望为自己的晚年寻找一个稳定的依靠。于是，李清照便答应了这门婚事，决定改嫁张汝舟，然而这次的改嫁却是她人生中最大的悲剧。这其实是张汝舟精心设计的一场阴谋，一场旨在夺取她财产的阴谋。张汝舟虚报军员，侵吞军饷军粮。恰巧这个把柄被先前收买藏品不成的御医王继先抓住，于是就以帮助张汝舟消罪为诱惑，让张汝舟迎娶李清照，以便得到那批藏品与珍物。

但是张汝舟很快就后悔了。结婚以后，他开始向李清照索要那批宝物，但是遭到了李清照的拒绝。他发现自己根本无法支配赵明诚的那批宝物遗产，甚至于他发现这笔遗产根本没有他想象的那么

111

丰富。于是他恼羞成怒了，露出了他丑恶的嘴脸，对李清照拳脚相加，大打出手。这样的羞辱是李清照始料未及的，也是刚烈的她无法承受的。认清了张汝舟的丑恶嘴脸之后，她决定拼个鱼死网破，跟他离婚。但是当时李清照与张汝舟结婚仅有三个月，为了顺利离婚，她决定去官府告发他"妄增举数入官"的违法行为。

按照宋代《刑统》规定，妻告夫，即使属实，也要徒刑两年。实在无法忍受这样痛苦生活的李清照为了早日摆脱噩梦，宁愿坐牢，也坚持去朝廷告发他。结果张汝舟被流放到柳州，李清照也被判入狱。幸好在朋友的帮助下，李清照只关了九天就被释放了，重新获得了自由。然而，她的内心却已经是千疮百孔，已经无法承受任何的打击了。

在她人生如此凄苦的这段时期，她的词风也发生了极大的转变。她的悲苦心情很自然地表现在了作品中。比如《声声慢》：

"寻寻觅觅，冷冷清清，凄凄惨惨戚戚。乍暖还寒时

候，最难将息。三杯两盏淡酒，怎敌他，晚来风急？雁过也，正伤心，却是旧时相识。满地黄花堆积，憔悴损，如今有谁堪摘？守着窗儿，独自怎生得黑？梧桐更兼细雨，到黄昏点点滴滴。这次第，怎一个愁字了得！"

忽寒忽暖的不适气候，淡薄寡味的清酒，窗外呼啸的秋风，似曾相识的北方过雁，满地的黄花，庭院的梧桐和黄昏的细雨描述了李清照清静的日常生活。这一时期她的词作中透露的愁情远远超过了她前半生词中那种轻淡的春愁、离愁，绝非《如梦令》中的名句"应是绿肥红瘦"可以相比的。

年近半百的李清照整日被孀居之苦、沦落之痛和经济的窘迫所围绕，挣扎在巨大的心理落差和理想与现实的残酷对比之间。痛不欲生，但还要怀揣着对祖国的希冀以及对丈夫赵明诚的回忆，坚强地活着。如此复杂的情绪交织着，纠结着，使得李清照的词作之中有一股让人读而不由自主的忧伤情绪。这也是这位北宋第一女词人的魅力所在。

正是时代的苦难与个人命运的不幸，才让一个北宋时期的闺房词人冲破了花间闺怨词的樊篱，在逆境中写出了绝大多数代表作，成为宋朝的第一女词人。

爱国诗人陆游

作为南宋时期著名的爱国诗人，陆游出生于越州山阴一个殷实的书香之家。从小受到父亲的熏陶，他很早就养成了忧国忧民、渴望国家重建的爱国品格。

为了实现自己报效祖国的理想，陆游特别注意学习兵书。所以，他的作品大多都是慷慨雄浑、荡漾着爱国激情的。比如著名的爱国佳作《诉衷情》：

"当年万里觅封侯，匹马戍梁州。关河梦断何处，尘暗旧貂裘。胡未灭，鬓先秋，泪空流。此生谁料，心在天山，身老沧州。"

一首词道尽了诗人身处故地未忘国忧，烈士暮年雄心不已的高亢政治热情，以及永不衰竭的爱国精神。然而这样的一位铁血男儿，却也有着让人怜伤的凄婉爱情故事。在浙江绍兴有一座沈园，它的粉壁上题着两阙《钗头凤》，这两阙《钗头凤》便是陆游凄婉爱情的见证。

故事要追溯到陆游幼年时期。当时正值金人南侵，陆游常随家人四处逃难，与他母舅唐诚一家交往甚多。唐诚有一女儿，名唤唐婉，自幼文静灵秀，不善言语却善解人意。与年龄相仿的陆游情意十分相投，两人青梅竹马，就这样相伴着在兵荒马乱之中度过一段纯洁无瑕的美好时光。随着年龄的增长，一种萦绕心肠的情愫也在两人心中渐渐滋生了。

陆游与唐婉都是爱词之人，青春年华的他们常借诗词来倾诉衷肠，花前月下，吟诗作对，互相唱和，宛如一双翩跹于花丛中的彩蝶，处处洋溢着幸福。两家的父母和亲朋好友，也都认为他们是天造地设的一对，于是陆家就以一只精美无比的家传凤钗作信物，订下了唐家这门亲上加亲的婚事。成年后，唐婉嫁进了陆家。从此，两人便情爱弥深，沉醉于两个人的天地中，把什么科举课业、功名利禄、甚至家人至亲都暂时抛置于九霄云外。陆游此时已经荫补登仕郎，但这只是进仕为官的第一步，紧接着还要赴临安参加"锁厅试"以及礼部会试。然而正值新婚燕尔的陆游却是流连于温柔乡里，根本无暇顾及应试功课。

陆游的母亲唐氏是一位威严而专横的女性。她一心盼望儿子陆游金榜题名，登科进官，以便光耀门庭。面对着儿子这样的情况，她几次以姑姑的身份、甚至于婆婆的立场对唐婉大加训斥，责令她要以丈夫的科举前途为重，不要以儿女之情对他加以牵制。但他们二人情意缠绵，难分难舍。陆母因而对儿媳大为反感，认为唐婉实在是唐家的扫帚星，把儿子的前程耽误了。于是她来到郊外无量庵，请庵中尼姑妙因为儿子和儿媳妇算命。妙因一番掐算后，煞有介事地说："唐婉与陆游八字不合，先是予以误导，终必性命难保。"陆母听后，吓得魂飞魄散，急匆匆地赶回家，把陆游叫来，让他立即休书一封，将唐婉休掉，否则她便自尽在儿子面前。这无疑晴天霹雳，震得陆游不知所措。等到陆母将唐婉的种种不是历数一遍后，陆游心中更是悲如刀绞。一向以孝闻名的他，面对母亲这般威逼，除了暗自痛苦，实在没有别的方法了。最终，迫于母亲的威慑力，陆游把唐婉送回了娘家。

就这样，一双情意深切的鸳鸯，却被世俗的孝道、世俗的功利以及虚玄的命运八字活活拆散。陆游曾悄悄另筑别院安置了唐婉，一有机会就前去探望，诉说相思之苦。无奈纸总包不住火，精明的陆母很快就察觉了此事。严令二人断绝来往，并为陆游另娶了一位温顺本分的王氏女为妻，彻底切断了陆游、唐婉之间的情丝。

在这样的悲伤与无奈之下，陆游为了证明自己，抑或是为了证明唐婉并不是阻挡自己前程的红颜祸水，将满腔的愤闷化为埋头苦读的动力，重理科举课业。在苦读了三年后，二十七岁的陆游只身离开了故乡山阴，前往临安参加"锁厅试"。在临安，他以扎实的经学功底和才气横溢的文思博得了考官陆阜的赏识，被荐为魁首。同科试获取第二名的恰好是当朝宰相秦桧的孙子秦埙。秦桧深感脸上无光，于是在第二年春天的礼部会试时，硬是借故将陆游的试卷剔除。使得陆游的仕途在一开始就遭受了风雨。

礼部会试失利，陆游回到家乡，看到如往昔一样的风景，那段甜蜜与痛苦的回忆再次回到了脑海。然而物是人非，睹物思人的凄凉之感，将他再次拖入痛苦的深渊。为了排遣愁绪与孤独，陆游便常常独自徜徉在青山绿水之中，或者闲坐野寺探幽访古；或者出入酒肆把酒吟诗；或者浪迹街市狂歌高哭，就这样过起了悠游放荡的生活。

在一个阳光明媚，百花盛开的春日晌午，陆游如往常一样，随意漫步着，一直到了禹迹寺的沈园。沈园是一个布局典雅的园林花园，园内花木扶疏，石山耸翠，曲径通幽，是当地人游春赏花的好去处。陆游正陶醉于如此美景给他带来的愉悦之感中，忽见在园林深处的幽径上，迎面款步走来一位婀娜女子，竟是阔别数年的前妻唐婉。

在一刹那间，时光凝固了，两人的目光交织在一起，恍惚迷茫，不知是梦还是真，眼帘中饱含的不知是情、是怨、是思、是怜。此时的唐婉，已由家人作主嫁给了同郡士人赵士程。赵家是皇家后裔，门庭显赫，很有名望。而赵士程更是一个宽厚重情的读书人，他对曾经遭受情感挫折的唐婉，表现出诚挚的同情与谅解，使唐婉饱受创伤的心灵已渐渐平复，并且开始萌生新的感情。但这次与陆游的不期而遇，无疑将唐婉已经封闭的心灵重新打开，里面积蓄已久的旧日柔情、千般委屈一下子奔泻出来，柔弱的唐婉对这种感觉几乎无力承受。而陆游，几年来虽然借苦读和诗酒强抑着对唐婉的思念，但在这一刻，那埋在内心深处的旧日情思不由得奔涌而出。

四目相对，千般心事、万般情怀，却不知从何说起。这次唐婉是与夫君赵士程相偕游赏沈园的，那边赵士程正等她用餐。在好一阵恍惚之后，已为他人之妻的唐婉终于提起沉重的脚步，留下深深的一瞥之后走远了，只留下陆游还在原地怔怔发呆。

一阵温和春风袭来，吹醒了沉在旧梦中的陆游，他不由地循着唐婉的身影追寻而去。在河边柳树下，他远远地看见唐婉与赵士程正在池中水榭上用餐。隐隐看见唐婉低首蹙眉，有心无心地伸出玉手红袖，与赵士程浅斟慢饮。这一似曾相识的场景，看得陆游的心都碎了。昨日情梦，今日痴怨尽绕心头，感慨万千，于是提笔在粉壁上题了一阙"钗头凤"：

"红酥手，黄縢酒，满城春色宫墙柳。东风恶，欢情薄。一怀愁绪，几年离索。错，错，错！

春如旧，人空瘦，泪痕红浥鲛绡透。桃花落，闲池阁。山盟虽在，锦书难托。莫，莫，莫！"

随后，秦桧病死。朝中重新召用陆游，陆游奉命出任，离开了故乡山阴。第二年春天，抱着一种莫名的憧憬，唐婉再一次来到沈园，徘徊在曲径回廊之间，忽然瞥见陆游的题词。反复吟诵，想起往日二人诗词唱和的情景，不由得泪流满面，心潮起伏，不知不觉中和了一阙词，题在陆游的词后：

"世情薄，人情恶，雨送黄昏花易落。晓风干，泪痕残，欲笺心事，独语斜阑。难！难！难！

人成个，今非昨，病魂常似秋千索。角声寒，夜阑珊，怕人寻问，咽泪装欢。瞒！瞒！瞒！"

唐婉也是一个有才重情的女子，与陆游的爱情本是十分完美的结合，却毁于世俗的风雨中。赵士程虽然重新给了她感情的抚慰，但毕竟曾经沧海难为水。与陆游那份刻骨铭心的情缘始终留在她情感世界的最深处。自从看到了陆游的题词，她的心就再难以平静。追忆似水的往昔，叹惜无奈的世事，感情的烈火煎熬着她，使她日臻憔悴，悒郁成疾，在秋意萧瑟的时节便随风而逝了，只留下这一阕多情的《钗头凤》惹人慨叹深思。

而此时的陆游并不知晓这些，这时期正是他仕途春风得意之时。他的文才颇受新登基的宋孝宗的称赏，官职一直做到宝华阁侍制，同时也写下了大量反映忧国忧民思想的诗词。在他浪迹天涯的数十年，他曾一度想借不断的游历来忘却他与唐婉的凄婉往事，然而离家越远，唐婉的影子越是萦绕在他的心头。终究难耐相思，没想到再次回来之时，唐婉早已香消玉殒，自己也已是垂暮之年，对旧事、对沈园的深切眷恋也只能从此深埋心底。

沈园对于陆游来说，是个极其特别的情感归处。这里曾是见证他爱情的场所，但同时也是他伤心的地方。他想着沈园，但又怕到沈园。追忆着与唐婉最后的那次相遇，她那哀怨的眼神、羞怯的情态、欲言又止的模样，使得陆游始终难以忘怀，于是他踽踽独行于沈园，写下了《沈园怀旧》《梦游沈园》等一系列诗篇。

沈园怀旧　一
梦断香消四十年，沈园柳老不飞绵。此身行作稽山土，犹吊遗踪一怅然。

沈园怀旧 二

城上斜阳画角哀，沈园无复旧池台。伤心桥下春波绿，疑是惊鸿照影来。

梦游沈园 其一

路近城南已怕行，沈家园里更伤情。香穿客袖梅花在，绿蘸寺桥春水生。

梦游沈园 其二

城南小陌又逢春，只见梅花不见人。玉骨久沉泉下土，墨痕犹锁壁间尘。

此后沈园数度易主，人事风景全都改变。在陆游八十五岁那年春日的一天，他忽然感觉到身心爽适、轻快无比。原准备上山采药，因为体力不允许就折往沈园，此时沈园又经过了一番整理，景物大致恢复旧观，陆游满怀深情地写下了最后一首沈园情诗：

"沈家园里花如锦，半是当年识放翁。也信美人终作土，不堪幽梦太匆匆。"

这首诗创作完成不久，陆游就随梦而去了。这首诗，是陆游爱情的喟叹：美人已不再，我也终将要随她而去，此生不再，来生再见。

英雄失路的悲叹

辛弃疾,南宋词人,字幼安,号稼轩,历城(今山东济南)人。他一生以气节自负,以功业自诩,坚决主张抗击金兵,收复失地。曾上书《美芹十论》与《九议》,向君主阐明他的战守之策,显示出了卓越的军事才能与爱国热忱。同时,他还与宋志士陈亮以及理学家朱熹保持着深厚友谊,相互诋励气节,切磋学问,极大地促进了词的创作。在苏轼的基础上,大大开拓了词的思想意境,提高了词的文学地位,后人遂以"苏辛"并称。

辛弃疾的作品风格沉雄豪迈又不乏细腻柔媚之处。他的作品虽然以抗金复国为主旋律,夹杂着英雄失路的悲叹与壮士闲置的愤懑,同时,他还以生动细腻的笔触描绘江南农村四时的田园风光以及世情民俗。这样多元风格的形成与他的个人经历有着密切关系。

辛弃疾一生大致可以分为三个阶段,正是这三个阶段的不同经历,使得他在文学创作中呈现出了不同的风格。

第一阶段是他一生最为意气风发的青少年时期,即辛弃疾23岁南渡以前。

靖康元年(1126年),北宋王朝宣告覆灭,中原、山东地区先后被金兵攻占。辛弃疾从小就目睹了金统治者对其占领区内的汉族人民实行残酷的种族歧视和种族压迫。强烈的民族仇恨和御敌报国的愿望在他小小的心里不断滋长。

宋绍兴三十一年(1161年),金主完颜亮大举南侵。为了侵略战争的胜利,他下令大量强行征收壮丁和马匹,对各族劳动人民进行了进一步的压榨剥削。在这种残暴的统治下,辛弃疾对金主的愤恨也像火山一样爆发了。这一年,他在家乡聚众二千举起了武装斗争的义旗,他深知自己力量的薄弱,于是便把队伍带到了山东东平府与农民起义军耿京的队伍会合。东平府就是今天的山东郓州,它西边濒临梁山泊，东边傍泰山之麓，是山东地区的一个军事要地。

起义军在耿京和辛弃疾的领导下，常常打胜仗，参加的人也越来越多，不久就有了二十几万人。这时，耿京派辛弃疾到南方去和南宋联系，想要联合起来把金兵赶走。谁知起义军里出了一个叫张国安的叛徒。他乘辛弃疾不在的时候，暗杀了耿京。起义军没有了领袖，顿时散掉了。辛弃疾在返回途中得知此消息，又悲痛又愤怒，于是当晚便率领五十余名骑兵，突袭金营。在张国安与金兵喝酒划拳之际，辛弃疾将其一举拿下，带回起义军中处死。此举"壮声英概，懦士为之兴起，圣天子一见三叹息"。这也成为了辛弃疾晚年回忆青年时期的重要事迹。

时间在抗金的斗争中匆匆而过，他迎来了青壮年时期。从1162年至1181年，即辛弃疾23岁到42岁，是他的游宦时期。这一时期的辛弃疾，雄心勃勃，壮志凌云。

初到南方，辛弃疾并不知道朝廷的怯懦和畏缩。另外，宋高宗赵构曾赞许过他的英勇行为，不久前即位的宋孝宗也一度表现出想要恢复失地、报仇雪耻的锐气，所以在南宋任职的早期，辛弃疾曾热情洋溢地写了很多有关抗金北伐的建议，像著名的《美芹十论》《九议》等。尽管这些建议书在当时深受人们称赞，广为传诵，却没有被当时已经颓废的朝廷所采纳，只是对辛弃疾在建议书中所表现出的实际才干很感兴趣，于是先后把他派到江西、湖北、湖南等地担任转运使、安抚使一类重要的地方官职，让他去治理地方荒政、整顿糟乱的治安。这显然与辛弃疾的理想大相径庭，虽然他干得很出色，但是毕竟难以实现他复国之心。在深感岁月流逝、人生短暂而壮志难酬的同时，他的内心也越来越感到压抑和痛苦。著名的词作《青玉案·元夕》便是那时期辛弃疾婉约词的代表作品：

"东风夜放花千树，更吹落，星如雨。宝马雕车香满路，凤箫声动，玉壶光转，一夜鱼龙舞。

　　蛾儿雪柳黄金缕，笑语盈盈暗香去。众里寻他千百度，蓦然回首，那人却在，灯火阑珊处。"

　　这首词中包含的是作者无限的愤恨。这首词作于宋熙宗元年或二年，当时面对强敌压境，国势衰弱，南宋统治阶级不思进取，沉湎于奢侈享乐的形势，辛弃疾想为国效力却恨无路请缨，他满腹的哀伤、怨恨，于是便写下这首颇具婉约色彩的词。通过写元夕灯火，假借对一位厌恶热闹、自甘寂寞的女子的寻求，含蓄地表达了自己的高洁志向和情怀。

　　现实对辛弃疾是冷酷的。他虽有出色的才干，但他的豪迈倔强的性格和执着北伐的热情，却使他难以在畏缩而又圆滑、嫉贤妒能的官场上立足。另外，"归正人"的尴尬身份也阻拦了他仕途的发展。因为有了这些觉悟，所以他早已做好了归隐的准备——在江西上饶的带湖畔修建园榭，以便离职后定居。果然如他自己所料，淳熙八年（1181）冬，辛弃疾四十二岁时，因受到弹劾而被免职，归居上饶。并且从此以后的二十年间，他除了有两年一度出任福建提点刑狱和福建安抚使外，大部分时间都在乡闲居。

　　隐居的生活一直持续到他的中晚年时期（1182—1202年），即辛弃疾43岁到63岁。这期间他也曾一度出仕，却两次遭弹劾免职，于是心灰意冷的他大部分时间都在江西家中隐居。在这段被迫隐居的生活中，他常常一面尽情赏玩着山水田园风光和其中的恬静之趣，一面心灵深处又不停地涌起波澜。时而为一生的理想所激动，时而因现实的无情而愤怒和灰心，时而又强自宽慰，作旷达之想，这种感情起伏可谓是贯穿了他的后半生。甚至流传到后世的很多佳作都是这一时期创作的。最有名气的要算是《破阵子》：

"醉里挑灯看剑，梦回吹角连营。八百里分麾下炙，五十弦翻塞外声，沙场秋点兵。　马作的卢飞快，弓如霹雳弦惊。了却君王天下事，赢得生前生后名。可怜白发生！"

字字珠玑，铿锵有力，深刻地揭示了他壮志未酬的豪情。尤其是起笔的一个"醉"字，暗示了诗人国事萦怀而又壮志难酬的愁苦。接着，他凝视着宝剑，神思驰骋，进入了振奋昂扬的幻境之中。"梦回吹角连营"梦中出现了军中的号声，雄浑壮阔，加之军营的浩壮连绵，仿佛自己再次站上了那个曾奋勇杀敌的沙场。

现实却又是多么残酷，只有"白发生"。两鬓已斑白，年事也渐高，但是理想仍旧不能实现，这多么让人感到痛心和遗憾。"可怜"也可悲。这首诗也成了陆游晚年词作风格的一个重要的代表。半百的年纪，斑白的头发，他虽有豪情但是却难以在现实中实现，于是满腔的热情、激情、豪情都化作了他笔下的字字珠玑。

辛弃疾的晚年依旧免不了大起大落。经历过起用和罢官的反反复复，辛弃疾只有怀着满腔忧愤，再次回乡。然而终日的苦闷抑郁，使得他身染重病，最终带着忧愤的心情和没有实现的遗愿离开了人世。

辛弃疾始终把洗雪国耻、收复失地作为自己的毕生事业，并在自己的文学创作中写出了时代的期望和失望、民族的热情与愤慨。不管是在文学创作方面还是在民族精神的继承上，都给世人留下了宝贵的财富。

第六章 人间的悲喜

沉重的散曲

张养浩,字希孟,号云庄,山东济南人。他既是元代文坛上令人瞩目的一位散曲作家,同时也是一位为民生疾苦担忧的政治家。他兼擅诗文,尤以散曲成就最高,作品创作与他生平为官的经历也有着密不可分的关系。

张养浩为官清廉,一向以勤于政务、为民解难而闻名,他的文学创作也以关注民生疾苦著称。在张养浩19岁的那年秋天,他登上了济南名胜白云楼,写下了著名的《白云楼赋》。后来,山东按察使焦遂读到了《白云楼赋》,大为赞赏,于是接见并推荐张养浩做了东平学正。

元世祖至元二十九年,即张养浩23岁时,他离开东平,到京城大都求仕。经人介绍,献书给平章不忽木,不忽木看到了他的才华,于是力荐张养浩做了礼部令史,进入了御史台。在此期间,

不忽木曾因张养浩生病亲自去他的家中探望，然而入目的却是家徒四壁，于是他大为感慨，既为张养浩的清廉为官而赞赏不已，同时也为他的家徒四壁感到可怜。

元成宗大德九年，张养浩已经官至丞相掾，并被选授堂邑县尹。张养浩初到堂邑时，就听说这里的官舍是一座凶宅，前任官员住在这都不吉利。众人都劝说他不要住在这里，但是张养浩却不相信这一套，依然在这里住了下来。并且这一期间他创作了一系列的作品。如《初拜堂邑县尹》：

"一县安危任不轻，初闻恩命喜愁并。徒劳人尔岂吾意，何以报之惟此诚。操刃岂容伤美锦，循墙谁敢忘高名？前贤为尹规模在，他日须期与抗衡。"

在这首诗中，张养浩表达了出任堂邑县的抱负和愿望，他誓要以诚恳、谨慎的态度来治理这片土地，而决不允许荒废了岁月，让这里的百姓受苦。

上任堂邑，张养浩更是以"四知"精神来时刻要求自己。关于"四知"精神，就要从他的居室——"四知堂"的故事说起。

"四知堂"的命名，源于后汉杨震的故事。杨震是后汉时的一个著名的文人官吏。他通晓经典，博览群书，淡泊名利，有"关西孔子"的称号。当时，他要到东莱出任太守，经过昌邑。昌邑的县令王密是他举荐的，王密为了答谢杨震以前对自己的举荐之恩，趁着夜深人静，怀揣10锭黄金到了驿馆拜见杨震。王密送这样的重礼，其实不仅仅是想要表达感激之情，他主要还是想请这位老上司以后再多加关照。杨震对王密此举很是生气，毅然拒绝说："故人知君，君不知故人，何也？"王密回答说："暮夜无知者"。杨震义正词严地说："天知、神知、我知、子知，何谓无知？"王密十分羞愧，只好带着重金，狼狈而回。由此，"四知"便成为了千古美谈。

张养浩因为仰慕杨震这位先贤，一上任就在住室的门上挂了一块"四知堂"的匾额。并题字："四知堂，在县之旧署，宣化其听事也，四知退食之所也，明初创立今署，其地不可考矣。"张养浩将这样一个匾额挂在居室之上，既是他内心崇尚杨震高风的真实写照，也是他要廉洁从政的公开承诺，更是他反对官场歪风的实际行动。

张养浩时刻怀着济世救民的思想，上任后便立刻对堂邑百姓减免赋税杂役，并奖励垦荒，号召发展生产。他上任后拆毁了淫祠30余所，废除了让过去的"盗贼"每逢初一十五到县衙参拜的规定。他说："那些所谓的'盗贼'都是良民，只不过为饥寒所迫，不得已而为盗；现在已经对他们进行过处罚，如果仍然将其视为'盗贼'，就等于断绝了他们的自新之路。"那些"盗贼"听到这一番话后都感动得哭了，并互相告诫："我们千万不要辜负了张公的恩德呀！"

当然，这决不意味着张养浩在纵容犯罪。堂邑县有一个叫李虎的家伙，曾经杀过人，而且纠集了一伙歹徒为害一方，尽管百姓们忍受不了他们的暴戾，但是过去的县尹却不敢拿他们怎么样。张养浩来到堂邑之后，很快依法处置了他们，大快民心。

张养浩在堂邑上任后，工作之余，还写下了许多诗作。按内容来看，主要是记录自己的见闻，表明自己的心志。《堂邑远心亭归饮》记下的是赴任以来的体会和理想："弄苍始见春风巧，作牧方知政事难。吉网罗钳非我志，尧年舜日尽民欢。"《公退书四知堂壁》写下的是自己为官的艰辛："袖有归来赋，囊无莫夜金。二年何所得？憔悴雪盈簪。"其余如《雨后行县》《行水灾郊外》《堂邑宣化堂退食》等，也莫不如此。从这些诗作中，能够看出张养浩为官清正廉明、兢兢业业、为民造福的操守和业绩。

然而为官方正，敢于直言犯谏的张养浩，因为看到了元朝上层统治集团的黑暗腐败，心灰意冷。于是便以父老归养为由，在英宗至治二年时辞官隐居在济南。而他的散曲多是他辞官归里后所写，由于曾经对宦海风波、世态炎凉有切身体会，因此这时期的作品大多由沉痛的句子来表达内心的真情实感。一系列"怀古"的作品应运而生。

在他隐居的这段时间里，他也曾再度出仕。元文宗天历年间，关中旱灾，张养浩奉命赶赴陕西救赈灾民。在他赴任途中，经过潼关时看到了被重重叠叠的峰峦包围在其中的潼关，触发了他追念古代的情怀，写下了这首《山坡羊·潼关怀古》：

"峰峦如聚，波涛如怒，山河表里潼关路。望西都，意踟蹰，伤心秦汉经行处，宫阙万间都做了土。兴，百姓苦；亡，百姓苦！"

诗人站在潼关要塞的山道上，眼前是华山群峰叠峦，脚下是奔流东去的黄河。群峰高低参差地簇拥着，攒动着；河水在峡谷中奔腾着，咆哮着。这雄伟险要的潼关原来就是古来兵家必争之地。想到这，诗人不禁向西方望去。潼关以西三百里，便是西京长安，从秦汉到隋唐，它是几代王朝的都城。落日苍茫之中，诗人什么都看不见，但是脑海里却浮现出了一座座巍峨的古都，那一座座富丽堂皇的宫殿，多少帝王将相、英雄豪杰曾在那里威震一时，然而如今全都化作了黄土一片。"兴，百姓苦；亡，百姓苦！"无论秦汉，还是隋唐，改朝换代，时代变迁带给人民的苦难从来都没有消除过。

这首散曲，从潼关要塞想到古都长安，又从古都长安想到历代兴亡，地域远近数百里，时间上下千余年，思绪驰骋纵横，最后归结为"百姓苦"一句，反复咏叹，让人从中体会出了它沉重的沧桑感和时代感。既有对历史的概括，又有对元代现实生活残酷的指责。

张养浩生平的仕途经历，最终决定了他的怀古散曲中特有一种参破功名富贵的思想。他既为封建王朝的兴衰感到悲哀，更为百姓的苦难而伤心，这种复杂深刻的情感最终融汇于散曲的字里行间，成为流传至今的经典。读其作品，如读其人。古今中外，忧国忧民、体恤百姓的人数不胜数，而张养浩却以其独特的风格流芳百世。

元杂剧的代表

《窦娥冤》又叫做《感天动地窦娥冤》，是元代杂剧最杰出的代表作之一。作者关汉卿，号己斋叟，金末元初大都人。他是元代杂剧的代表作家，也是中国戏剧史上最早也是最伟大的戏剧作家。

关汉卿的剧作文字多汪洋恣肆，慷慨淋漓，剧情也具有震撼人心的力度。他与郑光祖、白朴、马致远合称"元曲四大家"，并居"元曲四大家"之首。他的戏曲作品题材广泛，大多揭露封建统治的黑暗腐败，表现了古代人民特别是青年妇女的苦难遭遇和反抗斗争，人物性格鲜明，结构完整，情节生动，语言本色而精练。

《窦娥冤》是中国十大古典悲剧之一，作者通过对窦娥蒙受的千古奇冤事件的刻画，揭露了封建社会的黑暗，统治阶级的

昏庸残暴，同时也歌颂了以窦娥为代表的底层妇女美好的心灵和反抗的精神，具有深刻的社会意义和强烈的感染力量。

《窦娥冤》取材于《汉书·于定国传》，以及由此演化出来的干宝《搜神记》中"东海孝妇"的故事。

关汉卿在其基础上创作出了元杂剧《窦娥冤》的剧本。元杂剧的剧本不同于现在戏剧剧本，它的剧本是由唱、科、白三部分构成的。唱即唱词，是指按一定的宫调（乐调）、曲牌（曲谱）写成的韵文。每一折戏，唱同一宫调的一套曲子，其宫调和每套曲子的先后顺序都有其惯例规定。科是戏剧动作的总称，包括舞台的程式、武打和舞蹈。白即"宾白"，是剧中人的说白部分。宾白又分四种：对白（人物对话）、独白（人物自叙）、旁白（背过别的人物自叙心里话）、带白（唱词中的插话）。

作为元杂剧代表，《窦娥冤》的结构相当严整。它完全按照元曲的"四折一楔子"的文学结构体制以及唱、科、白的剧本结构。全剧共四折，开头有一个楔子，由蔡婆婆独白开始。折是音乐组织的单元，也是故事情节发展的自然段落，它不受时间、地点的限制，每一折大都包括较多的场次，类似于现代戏剧的"幕"。四折的内容分别构成故事的开端、发展、高潮、结局。

楔子：离父抵债
第一折：守寡拒婚
第二折：被告蒙冤
第三折：临刑起誓
第四折：托梦洗冤。

窦娥是楚州一个贫苦女子，从小死了母亲，父亲窦天章是一个书生，因为要进京赶考，缺少盘费，便向蔡婆借了高利贷，后来又没有钱还高利贷，于是被迫将七岁的女儿窦娥送给蔡家做童养媳。没想到，成婚后不到两年，丈夫就得病死了，只剩了窦娥和她婆婆两人相依为命。

楚州有个流氓叫张驴儿，欺负蔡家婆媳无依无靠，跟他父亲张老儿一起，赖在蔡家，逼迫蔡婆婆嫁给张老儿。蔡婆婆软弱怕事，勉强答应了。张驴儿又胁迫窦娥跟他成亲，窦娥坚决不同意，还把张驴儿痛骂了一顿。张驴儿便怀恨在心。过了几天，蔡婆婆生病了，要窦娥做羊肚汤给她吃。张驴儿趁机偷偷地在汤里下了毒药，想先毒死蔡婆婆，再逼窦娥与他成亲。然而当窦娥把羊肚汤端给蔡婆婆喝时，她却忽然要呕吐，不想喝，让给张老儿喝了。于是张老儿中了毒，在地上翻滚了几下，就咽了气。张驴儿没想到竟毒死了自己父亲，慌乱之下，便一口咬定是窦娥下的毒，把杀人的罪名，全部栽赃到了窦娥身上。窦娥冤屈，张驴儿便以此为条件要窦娥嫁给他。坚定的窦娥哪里肯屈服，于是就这样被告到了楚州衙门。

楚州知府桃杌是个贪官，他在背地里早已经收了张驴儿的钱。于是在把窦娥抓到公堂讯问时，便逼她招认是她下的毒。窦娥没有下毒，自然不肯承认，于是知府便下令对窦娥百般拷打。窦娥尽管痛得死去活来，但还是不肯承认。桃杌知道窦娥待她婆婆很孝顺，就当着窦娥的面要拷打蔡婆婆。窦娥想到婆婆年纪老迈，受不起这样的酷刑，只好含冤招了供，揽下了全部的罪名。贪官桃杌见窦娥已经屈打成招，于是便定了她死罪，要把她押到刑场去处死。

窦娥眼看没有申冤的地方，满腔悲愤地咒骂天地："地也，你不分好歹何为地？天也，你错勘贤愚枉为天！"在临刑的时候，她又向天发出三桩誓愿：一要刀过头落，一腔热血全溅在白练上；二要天降大雪，遮盖她的尸体；三要让楚州大旱三年。

没想到窦娥的誓愿居然感动了天地。她头落之时，一腔热血全溅在白练上；正是六月大伏的天气，天气本应该是炎热无比的，然而在窦娥被杀的一瞬，天昏地暗，大雪纷飞，真的将她的尸身埋住了。并且在接下来的三年，楚州地方真的一直大旱。就这样，窦娥的三个誓愿全部都灵验了。

后来，窦娥的父亲窦天章终于取得功名，在京城做官。窦娥的鬼魂便把状告到了正好以肃政廉访使身份来到楚州的父亲窦天章那里，父亲得知了自己女儿的冤情，立即展开了调查，终于替奇冤的窦娥平反昭雪。杀人凶手张驴儿被处死刑，贪官桃杌也得到应有的惩罚。

通过《窦娥冤》这部经典的剧作代表，我们可以看到窦娥这个从安于命运到与命运抗争的性格刚强的妇女形象。这也是《窦娥冤》最突出的成就。窦娥小小年纪便经历了人生的重大不幸。母亲的早逝，她就已经将这不幸遭遇归之于"命运"，认为是前生烧了断头香所致。她父亲是个穷书生，所以自小就对她进行了三从四德的传统女性教育，再加上蔡家并不是缺衣少饭的人家，也就是说婆媳俩命运虽苦但是生活并不十分艰难，因此使窦娥产生这种"我将这婆侍养，我将这服孝守，我言词须应口"的思想，并将命运的改变寄托于下辈子的转变。所以，在窦娥身上虽然有安于命运、相信天命

131

的封建思想成分，但也不乏有用今生的善行换取来生命运转变的争强好胜之心，这正是一种外柔内刚的性格表现。

另外，当张驴儿父子闯进她的生活圈子的时候，她的内里刚强开始外露，她对引狼入室的婆母埋怨、不满，认为她"岂不知羞！"对于厚颜无耻的张驴儿，她"不礼"，断喝"兀那厮，靠后！"张驴儿调戏她，她毫不客气地将他推倒。张驴儿失手误杀了亲生父亲，想以此要挟她，和她"私休"，她就是不向张驴儿低头，宁愿"官休"。她为的是争个贞洁之名，争个做人的最起码的自主权利。但是她错了。她开始满以为官府会公正执法，然而在事实面前，她的幻想却破灭了。临死前她才看清了官府的面目，觉悟到"这都是官吏们无心正法，使百姓有口难言"，悲愤已极，发下三桩誓愿："不是我窦娥罚下这等无头愿，委实的冤情不浅；若没些灵圣与世人传，也不见得湛湛青天。"

在这里，窦娥争的是清白，表的是无辜。她的怨怼已不仅仅是针对某个丑恶的个人，而是代表封建阶级利益的滥官污吏们。窦娥死后，虽然三桩誓愿桩桩实现，但她并没有因此而对恶势力罢休。她的鬼魂"每日哭啼啼守住望乡台，急煎煎把仇人等待"；她不仅请求父亲为自己除去"莫须有"的罪名，而且高呼"衙门自古朝南开，就中无个不冤哉！"这已经不是为自己一人鸣冤叫屈，也不是向一个桃杌太守或一大批"官吏们"挑战，而是向整个封建统治阶级的官僚机构发出挑战，为所有受冤百姓鸣屈。可以说，关汉卿在塑造这个人物形象时是很有思想深度的。

同时，在表现窦娥刚强性格的同时，又展现了她性格的另一面：善良。她善良的最大的表现是对婆母的孝顺。在她发现婆婆从外讨债回来不顺心时，"连忙迎接慌问候"；在她不满蔡婆引来张驴儿父子的情况下，听到病了的蔡婆想吃羊肚汤时，她还是给做了，对蔡婆窦娥可谓是孝顺之至了。桃杌太守在公堂上听信张驴儿一面之词，对她进行了严刑拷打，她宁死也不招认下毒杀人的诬陷。但当桃杌太守要打她婆婆时，为了使蔡婆免遭酷刑折磨，她竟毫不犹豫地立即招认了张驴儿强加给她的罪名，被打入死牢直至最后冤死。在这里，窦娥的善良已不仅是一般的孝顺，而是宁愿自己蒙冤也不让别人受屈的自我牺牲精神。刽子手要押她赴刑场时，她怕蔡婆看见了伤心，要求刽子手押她走后街。最后冤屈已伸，其亡魂还叮咛自己的父亲："我婆婆年纪高大，无人侍养，你可收恤家中，替你孩儿尽养生送死之礼，我便九泉下，可也瞑目。"她的鬼魂不仅为自己报仇，还要她父亲一类清官保护蔡婆这种无依无靠的孤苦老人，这是何等的高尚与善良。

正是这样一个人物形象的塑造，使得整个戏剧都显得有血有肉。而窦娥的冤情在最后得以昭雪，这样的结局也使得整个悲剧在最后给观众的心灵一丝慰藉，对以后戏剧的创作也是具有深刻的指导意义的。

天下奇魁《西厢记》

《西厢记》，全名《崔莺莺待月西厢记》，写于元贞、大德年间，即公元1295—1307年。作者王实甫，元代著名杂剧作家，大都（今北京市）人。他一生写作了14部剧本，而《西厢记》是他的代表作品。《西厢记》一登舞台就惊倒四座，博得男女青年的极大喜爱，被誉为"西厢记天下夺魁"。

元代杂剧多为一本四折，但《西厢记》在形式上十分特别。它分五本，每本四折，全剧共五本二十一折。主要讲述了张生与崔莺莺这一对有情人冲破困阻终成眷属的故事。

前朝崔相国死了，夫人郑氏携女儿崔莺莺，送丈夫灵柩回河北安平安葬，途中因故受阻，暂时住在了河中府普救寺。这年崔莺莺年方十九岁，针织女工，诗词书算，无不精通。她父亲在世时，就已将她许配给郑氏的侄儿郑尚书之长子郑恒。

一天，莺莺与丫鬟红娘到殿外玩耍，碰巧遇到正在寺中游玩的书生张君瑞。张君瑞本是西洛人，父母双双去世，只留下他一人，家境贫寒。此次他只身一人赴京赶考，路过此地，忽然想起他的八拜之交杜确就在蒲关，便住了下来。听所住客栈里的小二哥说，这里有座普救寺，是则天皇后香火院，景致很美，三教九流，过者无不瞻仰，于是便前往游览。

不料，却在寺中与莺莺巧遇，对其一见倾心。尤其是见到莺莺容貌俊俏，更是赞叹道："十年不识君王面，始信婵娟解误人。"为了能多与莺莺见上几面，他甚至与寺中方丈借宿，住进了西厢房。

崔莺莺的母亲——崔老夫人，正在忙于为亡夫做道场。崔老夫人治家很严，道场内外不允许有一个男子出入，更是反对莺莺与男子接触。可以说她是封建保守的代表人物，也是莺莺与张生爱情的最大障碍。张生从和尚那知道了莺莺每晚都要到花园内烧香。于是每当夜深人静，月朗风清，僧众都睡着的时候，张生就会来到后花园内，偷看莺莺烧香。情到难以自抑，便随即吟诗一首："月色溶溶夜，花阴寂寂春；如何临皓魄，不见月中人？"

莺莺听闻此诗，不禁随即和了一首："兰闺久寂寞，无事度芳春；料得行吟者，应怜长叹人。"就这样，两人夜夜吟诗作对，张生的苦读更是感动了小姐崔莺莺，她也对张生产生了爱慕之情。

此时恰逢叛将孙飞虎听说崔莺莺有"倾国倾城之容，西子太真之颜"。于是便率领五千人马，将普救寺层层围住，限老夫人三日之内交出莺莺做他的"压寨夫人"。大家都束手无策，急得不知该如何是好。崔莺莺性格刚烈，她宁可死，也不愿被那贼人抢去当压寨夫人。危急之中崔老夫人声言："不管是什么人，只要能杀退贼军，扫荡妖氛，就将小姐许配给他。"张生的八拜之交杜确，是武状元，任征西大元帅，统领着十万大军，镇守在蒲关。张生听闻老夫人的这一番话，顿时喜出望外，他先用缓兵之计，稳住了孙飞虎，然后立即写了一封书信给杜确，让他派兵前来，帮忙打退孙飞虎。三日后，杜确的救兵到了，成功地打退了孙飞虎。

本以为救下莺莺之后便可以迎娶其为妻，不料崔老夫人竟在酬谢席上以莺莺已经许配给郑恒为由，让张生与崔莺莺结拜为兄妹，并厚赠金帛，让张生另择佳偶。这使得张生和莺莺两人顿时陷入了痛苦的境地，莺莺更是整日以泪洗面。看到这些的丫鬟红娘，实在不忍心让如此相爱的两个就这样活活地被拆散，于是便偷偷地安排他们相会。

当天夜里张生便弹琴向莺莺表白自己的相思之苦，莺莺也向张生倾吐爱慕之情。然而自那日听琴之后，许多天都没有见到莺莺，这不禁让张生得了相思病。红娘闻讯前来探病，张生趁红娘探病之机，托她捎信给莺莺。莺莺读完张生满含深情的信件，不禁为之触动，于是回信约张生月下相会。夜里，小姐莺莺在后花园弹琴，张生听到琴声，攀上墙头一看，发现是莺莺在弹琴，不禁喜出望外，急欲与莺莺相见，便翻墙而入。莺莺见他翻墙而入，便责怪他行为下流，像市井流氓一般，发誓再不见他。张生慌乱之极，情急之下病情愈发严重。莺莺听到张生病情加重的消息，于是便借探病为名，到张生房中与他幽会。

崔老夫人见莺莺这些日子神情恍惚，言语不清，行为古怪，便怀疑她与张生有越轨行为。于是叫来红娘逼问，红娘无奈，只得如实说来。红娘替小姐和张生向崔老夫人求情，不料老夫人却不答应，更是声称绝对不能让两个人在一起。红娘十分生气，于是就对老妇人说："这不是张生、小姐和红娘的罪过，而是老夫人的过错，老夫人不该言而无信，让张生与小姐兄妹相称。"

面对张生与崔莺莺两人的浓浓深情，崔老夫人很无奈，于是便告诉张生如果想娶莺莺，必须进京赶考取得功名才行。抱着非莺莺不娶的决心，张生决定上京赶考。临行前，莺莺在十里长亭摆下筵席为张生送行，"碧云天，黄花地，西风紧，北雁南飞。晓来谁染霜林醉？总是离人泪。"两人难舍难分的复杂之情，仿佛与那悲凉的秋景融为了一体。崔莺莺为了给自己一个等张生功成归来的借口，她再三叮嘱张生休要"停妻再娶妻"，休要"一春鱼雁无消息"。而长亭送别之后的张生更是对莺莺相思难耐，经常梦中与莺莺相会，醒来就不胜惆怅。

所幸的是张生终于考得状元，并写信向莺莺报喜。而这时郑恒来到了普救寺，他见莺莺一心只为等着张生回来，在嫉妒、愤怒的驱使之下，捏造谎言说张生已被卫尚书招为东床佳婿，不会回来娶她的，要她死心。听闻此事的崔夫人于是决定再次将小姐许给郑恒，并决定择吉日完婚。恰巧成亲之日，张生以河中府尹的身份归来，征西大元帅杜确也来祝贺。真相大白，郑恒羞愧难言，含恨自尽，张生与莺莺终成眷属。

这一结局极大的不同于它最早的起源小说作品——唐代元稹的《莺莺传》，更改了原来的悲剧结尾，转为大团圆的美满结局，突出表达了"愿普天下有情人都成眷属"的主题思想。

《莺莺传》描写了书生张生与同时寓居在普救寺的已故相国之女崔莺莺相爱，在婢女红娘的帮助下，两人在西厢约会，莺莺终于以身相许。但是后来张生赴京应试，得了高官，却抛弃了莺莺，最终的结局是爱情的悲剧。

　　王实甫在这样的故事情节之上，结合当时的创作要求，展开了错综复杂的戏剧冲突，完成了莺莺、张生、红娘等艺术形象的塑造。并从根本上改变了《莺莺传》的主题思想和莺莺的悲剧结局，把男女主人公塑造成在爱情上坚贞不渝，敢于冲破封建礼教的束缚，终于得到美满结果的一对青年。

　　《西厢记》故事里的人物虽不多，但揭示的寓意还是比较深刻的。全剧有两条矛盾线索。不仅在老夫人与莺莺、张生、红娘之间存在着根本性的矛盾，而且由于阶级地位、社会环境、生活经历的不同，莺莺、张生、红娘之间也不时引起误会性的冲突。张生一见倾心地爱上了莺莺，但在封建礼教壁垒森严的社会里，一个青年书生要和相国小姐自由恋爱是不可能的，而作为相国小姐自然也不容易突破封建礼教的藩篱，自由地来处理自己的爱情，所以在剧中王实甫借用了"酬韵""听琴"等隐蔽的方式来表现男女主人公之间相互倾吐彼此的爱恋；而在遭到重大阻力彼此隔绝时，便只有各自抒发自己的苦闷和相思。

　　在这些描绘里也充分表现了封建社会青年男女对爱情的共同愿望和追求。但由于封建社会中男女的社会地位不同，他们对待爱情的态度也不可能一样。

　　张生是个缺乏社会经验的青年书生，在追求莺莺时不时流露出狂热的态度，他的深情和弱点都呈露在外面；而莺莺却尽可能地把追求幸福的热情埋藏在内心的深处，表面上显得十分矜持。张生和红娘之间也不是没有矛盾的，张生在红娘面前可以更坦率地表示自己的爱情，要求红娘的帮助；但红娘开始并不了解他，而张生身上某些软弱、轻狂等书生气，红娘又看不惯，因此在他第一次遇到红娘时就招致了她的当面责备，以后更是常常被她嘲弄。老夫人是张生获得爱情的主要障碍，在和老夫人的斗争中张生表现出对爱情的执着，也凸显了他的软弱。张生的形象就在这些人物关系中完整而丰满地表现出来。

对于莺莺的形象，王实甫在塑造她时更是匠心独运。莺莺热恋着张生，但张生某些近乎轻狂的表现又不能不使她谨慎自己的行动；红娘是莺莺身边唯一可以替她传书递简的人，但在莺莺还没有了解红娘的态度之前，也不得不提防她三分。运用这样矛盾交错的手法来塑造人物形象，在拓展了作品的内涵结构的同时，也利于戏剧演出。

《西厢记》的曲词华艳优美，富于诗的意境，可以说每支曲子都是一首美妙的抒情诗。曹雪芹在《红楼梦》中，通过林黛玉的口，称赞它"曲词警人，余香满口"。它同时也是中国古典戏剧的现实主义杰作，对后来以爱情为题材的小说、戏剧创作影响很大，为明清以来的戏剧创作也提供了宝贵的经验。

传奇之祖《琵琶记》

《琵琶记》是中国古代戏曲中的一部经典之作，创作于元末明初，其作者高明，字则诚，号菜根道人，浙江瑞安人。

高明从小就聪明好学，并怀有远大的理想。元朝恢复科举制度之时，他便想通过这条途径，来实现自己经世济民的抱负。高明发奋苦读《春秋》，到元顺帝至正四年时，中了举人，第二年中了进士。这时的高明已经40多岁了，但是他为了实现自己的济民的理想，依然义无反顾地踏上了仕途。

然而其官场生涯并不亨通，在他任职期间，他只是担任过一些地方小吏以及幕僚闲职,不曾受过重用。他任职过处州(今浙江丽水)录事,后又调杭州任江浙行省丞相掾。至正八年时,方国珍在浙东聚众起义,因高明熟悉当地情况,于是被任为浙东平乱统帅府幕都事,参与平乱。四年后,方国珍接受招抚,高明任满告归。

由于长期的不被重用,高明越发感到失意,以致萌生了退意。至正十六年,他再次被起用,调任福建行省都事,途经庆元(今宁波)时,被已做元朝万户的方国珍强留幕中,高明力辞,随即隐居在城郊栎社沈氏楼,闭门谢客。《琵琶记》便是在这一时期内完成的。又过了三年,朱元璋进攻浙东,方国珍投降。朱元璋曾征召高明出山,但他以老病辞,不久就病逝家中,后葬在故乡瑞安。

高明学识渊博,工诗文词曲,交游很广。他还曾就学于元代名儒黄溍,崇奉儒家正统思想,性情耿介,为官清正,诗文中有不少作品提倡传统道德,如"忠""孝""义"等。这样的生活经历和思想感情,对于他改编《琵琶记》有着直接的影响。

《琵琶记》的前身是宋代戏文《赵贞女蔡二郎》。它讲述的是蔡二郎应举,考中了状元,他贪恋功名利禄,抛弃双亲和妻子,入赘相府。他的妻子赵贞女在饥荒之年,独立支撑家门,赡养公婆,竭尽孝道。公婆死后,她以罗裙包土,修筑坟茔,将公婆安葬后身背琵琶,上京寻夫。可是蔡二郎不仅不肯相认,竟还放马将她踩踹致死,这致使神天震怒。最后,蔡二郎也被暴雷轰死。

高明利用这个在民间流传已久的蔡赵故事题材,重新创作出了《琵琶记》。

书生蔡伯喈与赵五娘新婚不久,恰逢朝廷重开科举考试,蔡伯喈作为一名书生,想要以父母年事已高为理由,辞试留在家中,服侍父母。但没想到父亲蔡公不答应,邻居张大公也在旁劝说蔡伯喈,让他以前途为重,父母会有乡亲帮忙照顾,让他安心参加科举。蔡伯喈只好告别父母、妻子,奔赴大都参加考试,没想到竟应试及第,中了状元。牛丞相有一个女儿至今尚未婚配，他见新科状元才貌双全，于是便向皇上请旨赐婚，皇上听闻，立刻答应，下旨招新科状元为牛丞相女婿。蔡伯喈听说后，以父母年迈，在家无人照顾，需回家尽孝为理由，想要辞婚、辞官，但牛丞相与皇帝不答应，执意留下蔡伯喈，于是蔡伯喈就这样被滞留在大都。

自从蔡伯喈离家以后，陈留连年遭受旱灾，很多人都被饿死了，有能力的也都逃亡了。只有赵五娘任劳任怨地服侍公婆，让公婆吃米，自己则背着公婆私下自咽糟糠。年迈的公婆盼子不归，蔡婆婆一时痛悔过甚而死了，蔡公不久也被饿死。

蔡伯喈被强行入赘牛府后，虽然每天过着锦衣玉食的生活，但是还是终日思念父母以及妻子。实在难耐思亲之情，于是便写信去陈留家中，没想到信件却在中途被拐儿骗走，导致音信不通。

一天，心情郁闷的蔡伯喈在书房弹琴抒发满心的幽思，被牛氏听见之后，得知了实情，便告知父亲。牛丞相起初很气愤，所幸最终被女儿说服，于是便派人去迎取蔡伯喈父母以及妻子来京相聚。然而，事情却远非如此简单。

蔡公、蔡婆去世后，赵五娘孤苦无依，加上生活的窘迫，她只好剪发卖发，麻裙兜土，亲手造坟埋葬了公婆。之后又将二老的真容绘于纸上以免相思。然后她只身背起琵琶，依靠沿路的弹唱乞讨，前往大都寻找丈夫蔡伯喈。来到京城，正好遇到弥陀寺大法会，几天没有吃东西的赵五娘便往寺中募化求食，并且将公婆真容供于佛前。正好蔡伯喈也来寺中烧香，祈祷父母路上平安，无意间见到了父母真容，于是便拿回府中挂在书房内。赵五娘寻人到了牛府，被牛小姐请到府内弹唱。赵五娘见牛氏贤良淑德，是个通情达理之人，便将自己的身世告知牛氏。牛氏听闻之后，很是感动，又想到丈夫整日的闷闷不乐，于是决定帮赵五娘与蔡伯喈团圆。为了让五娘与伯喈团聚，却又怕蔡伯喈顾及到自己与父亲而不敢与赵五娘相认，牛小姐便让赵五娘来到书房,在公婆的真容上题诗暗喻。蔡伯喈回到府中,见到了画上所题之诗,正想要问牛氏,牛氏正好带赵五娘入内,久别重逢的夫妻,终于得以团聚。

之后,赵五娘告知了蔡伯喈家中发生的事情,蔡伯喈悲痛至极,认为是自己没有尽到孝心才导致了父母双亲的去世,于是即刻上表请求辞官,回乡为父母守孝。在得到皇上的批准及牛丞相的同意之后,伯喈带着赵氏、牛氏一同回到家乡,为父母建墓守孝。后来牛丞相又为蔡伯喈请旨,旌表了蔡氏一门,最终皆大欢喜。

将前身《赵贞女蔡二郎》与《琵琶记》相比较,很明显《赵贞女蔡二郎》是意在维护家庭稳定的伦理剧,而《琵琶记》的主题并不仅仅止于此。

《琵琶记》在保存《赵贞女蔡二郎》核心内涵的同时,又对剧情作了重大改动。除了改换了原来的悲剧结尾。最关键的地方是把原来作为反面人物的蔡伯喈作了全面的改造,把他抛弃贫困家庭,另娶丞相千金处理为被人胁迫而不得不这样做,让他成为了"全忠全孝"的书生。为了终养年迈的父母,他本来并不热衷于功名,辞试不从,辞官不从,辞婚不从。但为了达成父亲的宏愿,他还是不得已参加了科举,这是他在尽孝;科举高中,为了忠于君主,他虽辞官不从,但是当皇上不放他走时,他还是留下为皇上效力,这是他在尽忠。在塑造这样尽忠尽孝的人物形象的同时,也很好地宣传了作者所信奉的儒家伦理观念,同时也表达了完全不同于前身的全新的主题思想。

其实高明在创作《琵琶记》时也深受当时社会的影响。在元代,社会情况发生了巨大的变化,书生的地位,从天上跌到地下。元代科举一度中断达七十余年,至元代末年,考试制度更是时兴时辍。这使许多士人失去了通向仕途的道路,社会地位急遽下降,甚至出现了"九儒十丐"的说法。与此相联系,谴责书生负心婚变的悲剧作品，逐渐失去了现实的针对性。地位低下的书生，反成了同情的对象。同为书生，高明面对地位得不到改善的书生也是愈加怜惜，于是他以正面的歌颂，以同情宽恕的态度，刻画了蔡伯喈的形象。

同时为了宣扬儒家的道德观念，他塑造的赵五娘同样也是全剧中最为光辉的人物，是一个典型的贤孝妇形象。丈夫进京赶考，她独自一人在家侍奉公婆，承担起家庭的全部重担。饥荒年间，她把可怜的救济粮留给公婆，自己却在背后偷偷吃糠。公婆死了，没有钱买棺材，她剪下头发，沿街叫卖。没有钱请人埋葬公婆，她麻裙包土，手筑坟墓。然后描容上路，进京寻夫。在极度艰难的环境中，她含辛茹苦，任劳任怨，悄悄地作出自我牺牲，以柔弱的肩膀，承担起生活重担，既尽了心，又尽了力。在赵五娘身上完全可以看到一个拥有中华民族多方面的优秀品德、光彩照人的贤孝妇形象。

《琵琶记》尽管从正面肯定了封建伦理，但通过对蔡伯喈和赵五娘的悲剧命运的刻画，却可以引发人们对封建伦理合理性的怀疑。在封建时代，恪守道德纲常的知识分子，经常陷入情感与理智，个人意愿与门第、伦理的冲突之中。《琵琶记》的悲剧意蕴，具有深刻性和普遍性，它比单纯谴责负心汉的主题，更具社会价值。

《琵琶记》的文学成就，大大超过了《永乐大典戏文三种》中的作品。它在艺术上所取得的成就，不只影响到当时的剧坛，同时还为明清传奇的发展树立了楷模。所以，它被称为"南戏之祖"。

四大传奇

元末明初出现的著名南戏《荆钗记》《刘知远白兔记》《拜月亭记》和《杀狗记》，被称为"四大传奇"。

《荆钗记》一般认为是柯丹邱所作，写宋代文人王十朋与妻子钱玉莲"贫相守，富相连，心不变"的婚姻故事。全剧一共四十八出。

书生王十朋幼年丧父，家中清贫，和母亲两人相依为命。十朋以荆钗为聘礼，求娶贡元钱流行之女钱玉莲。贡元钱流行见王十朋聪明好学，为人正派，便答应将自己与前妻所生的女儿玉莲许配给他。而玉莲继母嫌贫爱富，欲将玉莲嫁给当地富豪孙汝权，玉莲不从，只愿听从父亲安排，嫁给了王十朋。

婚后半载，试期来临，王十朋便告别母亲与妻子，上京应试，得中状元，授江西饶州佥判。丞相万俟见十朋才貌双全，欲招他为婿。十朋不从。万俟恼羞成怒，将十朋改调广东潮阳任佥判，并不准他回家省亲。十朋离京赴任前托承局带回一封家书。不料信被随十朋至京的孙汝权骗走，加以篡改，诈称十朋已入赘相府，让玉莲另嫁他人。孙汝权回到温州后，即找玉莲继母，再逼玉莲嫁给汝权。玉莲誓死不从，投江殉节，幸被新任福建安抚钱载和救起，收为义女，带至住所。钱载和来到福建任上后，即差人去饶州寻找王十朋。差人打听到新任饶州太守也姓王，到任不久便病故，回来告知玉莲。玉莲误以丈夫已死，悲痛欲绝。而十朋在赴任前接取母亲与妻子来京城，听说玉莲已投江而亡，十分悲恸。五年后，王十朋调任吉安太守，而钱载和也由福建安抚升任两广巡抚，赴任途中路过吉安府，王十朋前去码头拜谒。当钱载和知道了王十朋就是玉莲的丈夫后，就在船上设宴，使十朋与玉莲得以团圆。

《荆钗记》情节结构颇为精巧，戏剧性较强。它利用荆钗这一道具贯穿全剧，把主人公置于命运的风口浪尖上，矛盾冲突此起彼伏，情节曲折跌宕，关目生动，曲文本色而写情逼真。塑造了一对忠于爱情，坚贞不屈，富贵不能动其情，威逼不能屈其志的"义夫节妇"形象。作为南戏代表作之一，它的流传也很广远，明清两代都很盛行。

《刘知远白兔记》，是永嘉书会才人编，共二十九出。它描写了后汉开国皇帝刘知远与李三娘悲欢离合故事，表达了"贫者休要相轻弃，否极终有变泰时"的主题思想。同时也因为它是五代后汉的开国皇帝刘知远的传奇经历，因此在民间不断流传。

刘知远是沛县沙陀村人，幼年丧父，随母改嫁。因为赌博将继父家业都花费光了，被继父逐出家中，流落荒庙，后来被同村的财主李大公收留，在李家充当起了佣工。李大公见他睡时有蛇穿其七窍，断定他日后必定大贵，于是便将女儿李三娘许配给他。而李三娘的兄长李洪一及其妻子却嫌贫爱富，坚决反对招赘刘知远。李大公不听，还是招赘了刘知远。不久李大公夫妻相继去世，李洪一夫妻便百般虐待刘知远及李三娘。

这一天，李洪一夫妻俩设计以分家为由，将有瓜精作祟的瓜园分与刘知远去看守，想要让瓜园中的瓜精害死刘知远。没想到刘知远战胜了瓜精，并得到了兵书和宝剑。知远知道家中已待不下去了，便告别了三娘，去了分州当兵。来到军中，刘知远最初在岳节度使麾下做一更夫，后来岳节度使也看出知远有帝王之相，于是便招赘刘知远为女婿。

后来刘知远因屡立战功，受到多次提拔，最后官至九州安抚。而三娘在家却饱受哥哥、嫂子的折磨，她白天到井边打水，晚上在磨房推磨，过着惨不忍睹的苦日子。后来因劳累过度，在磨房产下一子，因为没有剪刀，只好用嘴咬断脐带，于是取名"咬脐郎"。哥哥、嫂子想要害死咬脐郎，将咬脐郎抛入荷花池中，幸被家人窦公救起。三娘知道哥哥、嫂子是不会罢手的，为了逃避哥嫂的迫害，便托窦公将咬脐郎送到刘知远处抚养。十五年后，咬脐郎长大成人，刘知远命咬脐郎率兵回沙陀村探望生母。

咬脐郎屯兵开元寺，一天出外打猎，因追赶一只白兔，与正在井边取水的李三娘相遇。咬脐郎知道李三娘是自己的生母后，便回去报知父亲。刘知远知道后立刻带领兵马回到沙陀村，最终的结局是一家三口得到了团聚。

"四大南戏"中流传最广、影响最大的是《拜月亭记》，又名《幽闺记》，是根据关汉卿杂剧《拜月亭》改写而成，相传作者是施惠。此剧以金末动乱为背景，描述了蒋世隆和王瑞兰、陀满兴福和蒋瑞莲两对年轻人在乱世中流离失所，历经磨难，最终结为夫妻的悲欢离合的故事。

　　金朝时候，兵荒马乱，战乱不断，致使国内人民流离失所。丞相陀满海牙受奸臣聂贾列陷害，全家上下三百多人，无论大小全被诛戮，只有儿子陀满兴福逃脱一劫。在被追杀途中，陀满兴福遇到了蒋世隆，两人十分投缘，于是结为兄弟。后来，已与蒋世隆分别的陀满兴福在过路中被匪人拦劫，因为他高强的武艺，被匪人的寨主赏识。无奈之下，陀满兴福只好屈居深山，做了他们山寨的寨主。

　　当时番兵南侵，兵部尚书王镇奉金主的命令到前线与番兵交涉。王镇的妻女不得已逃离家乡。蒋世隆兄妹也被迫逃亡。荒乱之中，由于两个女子误听了名字，使他们变换了同行者。王瑞兰听到有人唤她名字，一见面才知道是蒋世隆呼唤他的妹妹，因为形影孤单于是结伴同行。蒋瑞莲误听王夫人是叫她名字，循声见面才知道搞错了，为了有个依靠便也结伴同行。

　　在逃亡的途中，蒋世隆与王瑞兰渐渐互生情意，便在广阳镇招商店夫妇的规劝下，在店中成了亲。而王夫人与蒋瑞莲一路走来，受到了瑞莲的百般照顾，很是感动，加上与自己的女儿失散了，便认瑞莲做了干女儿。

　　王镇在还朝途中经过广阳镇，在店中无意间遇到了自己的女儿。他不愿女儿嫁给患病的穷秀才，强行将瑞兰带走。而在馆驿中过夜的王夫人和瑞莲听见哭泣声，出来查看，没想到竟意外与丈夫、女儿相遇，于是一家三口加上干女儿在敌军撤退后便一同回到了汴梁城王镇府。

　　陀满兴福做了一段时间的山寨寨主之后，深感不能这样堕落下去。他散了山寨的人，找到了结拜兄弟蒋世隆，二人商定上京一起赶考。结果俩人分别中了文武状元。

在汴梁城的王镇府中，瑞兰因为思念丈夫，就在亭中安排了香案，对月祷告，希望夫君一切平安早些前来接她。瑞莲戏问其人，才得知她的心上人便是自己的亲哥哥。万分激动之下，姐妹两人约好决不服从父亲对瑞兰婚事的干涉。当王镇要将两个女儿嫁给当朝文武两个新状元时，得到了异口同声的拒绝。两个状元也是两心同处一用，坚决拒婚。

无奈，王镇只好施计设宴让他们相见，结果蒋世隆文状元与王瑞兰千金小姐，陀满兴福武状元和蒋瑞莲，夫妇兄妹相认团聚。

《拜月亭记》起伏跌宕，情节生动。在悲剧性的事件中，巧妙地插入巧合、误会的情节。这些遭遇看似偶然，但在离乱中完全可能发生，由于有实际生活的依据，所以使人感到真实可信。同时，它的唱词本色自然，与说白浑然一体，极大地增强了语言的表现力。而对人物形象的塑造，说明南戏的艺术水平已经上升到一个新的阶段。

元代南戏中不同于其他三部戏剧的《杀狗记》，全名是《杨德贤妇杀狗劝夫》。它是根据元杂剧《杀狗劝夫》改写而成，共36出，作者不详。不同于其他三部爱情剧，它主要是颂扬孝悌观念的社会伦理剧，说教气息较为浓郁，艺术上也比较粗糙。

孙华、孙荣兄弟俩，从小父母双亡。孙华是个纨绔子弟，与无赖柳龙卿、胡子传结为了酒肉朋友，终日在外面花天酒地，吃喝玩乐。而弟弟孙荣知书识礼，见兄长孙华不思上进，屡加劝谏。但是孙华的两位酒肉朋友从中挑拨，孙华不仅不听劝谏，反而将孙荣逐出了家门。无奈，孙荣只好在破庙中暂时安身。

一天，天降大雪，孙华与柳、胡二人半夜喝醉酒后回家，途中跌倒在雪地上，柳、胡不但不救，反而窃取了孙华身上的羊脂玉环和宝钞之后逃跑了。所幸，恰好孙荣经过，就将孙华背回家中。然而，孙华不但不感谢兄弟救命之恩，醒来后发现不见了身上的玉环和宝钞，竟然诬陷是孙荣偷了去，把孙荣打了一顿后，又赶了出去。孙华的妻子杨月真贤淑聪慧，她见丈夫听信柳、胡二人，执迷不悟，便想出一条计策，向邻居买来一只狗，杀死后穿上人的衣服，假作人尸，放在后门口。

等到孙华半夜酒醉回家时，发现了门口的死狗，以为是死人，害怕惹上人命官司，请求妻子处置。杨氏让他去找柳、胡来帮忙，将"人尸"移到别处掩埋。然而柳、胡二人都不肯帮忙。杨氏又让孙华去找兄弟孙荣帮助。孙荣念兄弟手足之情，不计前嫌，欣然帮助哥哥将"人尸"搬到别处掩埋了。柳、胡二人不但不肯帮忙，反而去官府告发孙华杀人移尸。公堂之上，为了哥哥，孙荣把罪名全部都包揽在自己的身上。正在孙华感动涕零之时，杨月真说明了杀狗劝夫的真相。经官府勘验，果然是一条死狗，案情真相大白，孙华也看清了柳、胡二人的真面目，悔悟自己的错误，终与孙荣和好。

这四大南戏自创作完成以来，人们不断传演，尤其是在明清时期，更是传演甚广，对后来的戏剧表演也产生了影响深远。

汤显祖和《牡丹亭》

> 情不知所起，一往而深。生者可以死，死可以生。
> 生而不可与死，死而不可复生者，皆非情之至也。
> ——《牡丹亭·题词》

《牡丹亭》，全名《牡丹亭还魂记》，也称《还魂梦》，是明朝剧作家汤显祖的代表作之一，全剧共二卷五十五出。

汤显祖是明朝江西临川人，字义仍，号清远道人。他出身书香门第，为人正直敢言，不慕权贵。正是由于这个性格，使得他的一生仕途跌宕起伏，充满了坎坷。

汤显祖十四岁时进学，参加进士考试，因为拒绝当时的内阁首辅张居正的招致而落选。后来一直到了三十三岁时张居正去世，他才中得进士。进入官场之后，他先后担任了南京太常寺博士、礼部主事，但又因为拒绝了当时执掌朝政的一帮大臣的拉拢行贿而遭到排挤。

万历十九年（1591年），南京遭受了连年灾荒大疫，受命督理的朝廷命官却贪赃享乐。义愤填膺的汤显祖卷袖而起，上疏皇帝抨击时政，并把矛头直接指向了当权者申时行，结果被降职至边远之地，两年后又改任浙江遂昌知县。然而又因为抑制豪强、整顿税制而招致了非议，他悲痛于仕途的坎坷与前途的渺茫，又加上佛道思想的影响，当时已经49岁的他愤然辞官，回到了故乡临川。《牡丹亭》就是在这一时期创作的。

汤显祖年少时受到过正统的儒家教育，同时也受到王学左派（王阳明心学中的左派）的影响。后来，他又与当时被统治者视为异端的李贽等人成了朋友，受到了他们张扬个性的自由思想的影响，所以他的《牡丹亭》中反程朱理学，肯定人欲，追求个性自由的思想也被表现了出来。

根据明人小说《杜丽娘慕色还魂》创作而成的《牡丹亭》是明代南曲的代表，也是中国戏曲史上浪漫主义的杰作。

宋朝南安府太守杜宝有个女儿，名叫丽娘，才貌端妍。她的父亲为了让她成为知书达理的大家闺秀，便让她跟从有名的秀才陈最良读书。她由《诗经·关雎》章而伤春寻春，惹动了情思。伴读的侍女春香，偶然发现了杜府的后花园，

148中国古代文学的故事

见小姐心思沉重，于是带着丽娘偷偷游了花园。丽娘久在闺阁之中，见到后花园如此美景，不禁动了访春之情。玩后回到房间，丽娘就做了一个梦。她梦见一个书生手拿柳枝前来求爱，两人在牡丹亭畔幽会。丽娘醒来后，第二天又去了花园，寻找梦境。然而却无从找起，伤心之下愁闷消瘦，从此一病不起。

一天，丽娘梳妆打扮看到镜子之中的自己如此消瘦，连忙叫侍女春香拿来丹青、素绢，将自己的画像画于纸上，并在旁边题了一首诗，以表达内心的愁思。之后，她便让春香把那自画像装裱好。无奈，丽娘的病情一天天的加重，无论怎么用药都不见好。终于在一个中秋之夜，丽娘离开了人世间。杜丽娘在弥留之际嘱咐丫环春香要将其自画像藏在太湖石底，并要求母亲把她葬在后花园的梅树之下。这时，因战事需要，朝廷升杜宝为淮、扬安抚使，要求他立即前往赴任。杜宝不得已，只好将女儿的丧事委托给陈最良处理，并修建"梅花庵观"来供奉她。

三年后，广州府的书生柳梦梅赴京应试。这个柳梦梅便是三年前与杜丽娘梦中约会的那位书生。他原名叫柳春卿，因为一次梦见一个在梅树下说与他有姻缘的女子而改名柳梦梅。一天，他因为路途劳累生病，借宿在梅花庵观中，偶然在太湖石下拾得杜丽娘画像，发现杜丽娘就是他梦中见到的佳人，于是便把那画像带回房间挂于床头之上。杜丽娘魂游后园，发现了柳梦梅挂于床头的画像，大为感动，便和柳梦梅再度幽会。两人夜夜幽会，最后杜丽娘便将实情告诉了柳梦梅，并求他在三天之内要挖坟开棺。第二天柳梦梅掘墓开棺后，杜丽娘便起死回生了，之后恩爱的两人就结为夫妻，一同前往临安。

杜丽娘的老师陈最良看到杜丽娘的坟墓被人偷掘了，忙去扬州告诉杜安抚。柳梦梅、杜丽娘二人到临安，在钱塘江边住下。柳梦梅应试后，受杜丽娘之托，写信告诉她的父母已还魂的喜讯。结果，柳梦梅被杜宝囚禁。

朝廷发榜后，在狱中的柳梦梅得知自己已中了状元。杜宝只好将他放出大牢，但始终不认他这个女婿，认为他是在胡言乱语。这样的纠纷闹到皇帝面前，在金銮殿之上，才将误会解开。杜丽娘和柳梦梅二人终成眷属。

《牡丹亭》作为一部与王实甫《西厢记》齐名的传奇名剧，也是汤显祖自己最得意的剧本之一。在这部有着深刻意义的剧著中，汤显祖将当时社会的黑暗给自己带来的情感冲动都融入了其中。可以说，这是汤显祖戏剧创作的最高水平的代表作品。

《牡丹亭》是属于封建时代而又超越封建时代的作品。它没有打破描写封建阶级的小姐与穷书生的爱情婚姻故事的枷锁，甚至结局都没有摆脱"奉旨完婚"的俗套脉络。在情节中的某些故事桥段表现的也依旧是封建社会的俗套内容。但是在它的剧情之中同时又鲜明地体现出了反礼教、反理学的进步倾向。尤其是杜丽娘反叛形象的塑造，在那个时代是一种对女性解放的超前音。杜丽娘作为一名封建制度下的大家闺秀，她不顾封建纲常，与男子私下幽会，甚至还私定终身，这本身就是对封建制度的一种讽刺与嘲弄。另外，在表现手法上借助于梦境这种浪漫主义的方式，也是它具有超前性的很好的证据。

汤显祖是封建时代中勇于冲破黑暗禁锢，打破封建纲常牢笼，向往浪漫自由的先行者。他强调超越生死的真挚感情，贬斥了封建的道德规范。同时，他还利用杜丽娘与柳梦梅梦境的幻想世界来寄托他对现实世界的强烈不满，甚至是在抗议和否定现实世界的存在。这样一种超乎异常而又为世人所接受的特殊形式，揭示了社会历史的某些方面。这样的处理既虚构又真实，真正体现出了《牡丹亭》浪漫主义的色彩。

第七章 家国的话本

《三国演义》：历史的演义

《三国演义》全名《三国志通俗演义》，是中国一部优秀的长篇历史小说。小说创作于元代末年，是罗贯中在有关三国故事的史书、平话、戏曲和轶事传闻的基础上进行的再创作。书中的故事起于刘、关、张桃园结义，终于王浚平吴，包括了整个三国时代。作者在"拥刘反曹"的传统思想支配下，把蜀汉之争当作全书的主导矛盾，把诸葛亮和刘、关、张当作中心人物，以魏、蜀、吴的兴亡为线索，生动地描述了封建统治集团之间尖锐复杂的矛盾和斗争，揭露了当时社会的黑暗和腐朽，谴责了封建统治阶级的残暴和丑恶，反映了他们的爱憎与背向以及反对战争分裂、要求和平统一的愿望。

罗贯中，元末明初杰出小说家，名本，字贯中，太原人，别号湖海散人。他一生写了不少的剧本和小说，被称为章回小说的鼻祖。

　　罗贯中从小就喜爱读书，博览群书为他后来的创作奠定了良好的基础。但是，他所处的时代却是一个民族矛盾和阶级矛盾异常尖锐复杂的时代。元朝蒙古贵族的残酷统治和压榨，激起了全国人民的反抗，各方义军，像朱元璋、陈友谅、张士诚等纷纷起义抗争，推翻元朝统治的斗争如火如荼地展开着。这些起义大军不仅与元军奋战，而且还进行着相互的兼并。在历史大动荡的影响下，步入青年的罗贯中，也加入到了这股洪流之中。他不仅参加了张士诚领导的起义军，还在他的幕府之中充任了幕客。这样的经历对他之后的写作也产生了深刻的影响。

　　作为一个有抱负、有理想并有一定军事、政治斗争经验的人物，在创作上，罗贯中的才能也是多方面的。他除了写过戏曲、乐府隐语和小说，相传他还写过"十七史演义"，今存署他名字的小说，还有《隋唐志传》《残唐五代史演义》《三遂平妖传》等。当然，

最著名的就是耳熟能详的《三国演义》了。

鸿篇巨制《三国演义》作为中国古代第一部长篇章回小说，是历史演义小说的经典之作。它是罗贯中创作后期的作品。这部古典文学名著，描述了从东汉中平元年的黄巾起义，到西晋武帝司马炎太康元年统一中国的将近一个世纪中，魏、蜀、吴三国间的政治和军事斗争历史。他依据陈寿《三国志》提供的历史线索和历史人物，然后参考众多史学大家对《三国志》补缺、备异、惩妄、论辩，吸取了西晋至元一千多年来民间传说的丰富营养，在此博采众长的基础之上，结合自己参加元末农民起义军的生活经历，发挥个人的卓绝文学艺术才能，形象生动地描述了近一百年中浩瀚繁复的历史事件，完成了这部75万字的古典名著。

这部建立在广阔的社会历史背景上的著作，展示出那个时代尖锐复杂又极具特色的政治军事冲突，概括了这一时代的历史巨变，塑造了一批叱咤风云的英雄人物。他描写了大大小小的战争，构思宏伟，手法多样，使我们清晰地看到了一场场刀光剑影的战争场面。其中，尤以官渡之战的描写最为波澜起伏、跌宕跳跃，读来惊心动魄。

东汉末年，豪强拥兵割据，逐鹿中原。当时袁绍拥有冀、青、幽、并四个州，自认为兵多粮足，于是图谋伺机消灭仅据兖、豫二州的曹操。建安四年六月，袁绍起兵，准备了精兵十万，战马万匹，企图南下进攻许昌，由此拉开了官渡之战的序幕。其实在此之前，曹操为避免腹背受敌，已经先击败了与袁绍联合的刘备，并提前进驻了易守难攻的官渡。

四月，曹操以声东击西之计，在白马击斩了袁绍的将领颜良及文丑，大败了袁军。袁绍初期战事失利，连损两名大将，锐气受挫，于是改分兵进击为结营，紧逼曹军。两军对垒于官渡，相持了数月之久。其间，曹操因兵疲粮缺，一度想要回守许昌。但他的谋士荀彧认为，曹军以弱敌强，此时退兵必会给袁军以可乘之机。但是一旦反击，袁军轻敌，内部不和，相持时间久一定会有变化，那时就可以出奇制胜了。听闻此言，曹操觉得很有道理，于是就采纳了他的计谋，派兵袭烧了袁军粮车，后又亲自率领精锐部队五千，快奔袭击了袁军的乌巢粮囤，全歼袁军，烧毁全部囤粮。

　　这个消息传到袁绍部队后，袁绍所部军心动摇，纷纷溃散投降。曹操乘机全线出击，歼敌七万多，袁绍父子仅率领残存的八百骑兵往北逃窜了。经过一年多对峙的"官渡之战"，最后以曹操的全面胜利而结束。曹操以两万左右的兵力，出奇制胜，击败袁军十万。这个战例成为中国历史上以弱胜强、以少胜多的典型战例。

　　从官渡之战的描写中，可以看出罗贯中对战争描绘的成功，这一点充分体现了参加元末农民起义战争的亲身经历对他作品创作的影响。再加上他个人高超的艺术技巧，以及创作时的苦心孤诣，所以他能够把那一幕幕惊心动魄的战场，瞬息变化的战斗形势，描述得那样千变万化，各具特色，显示出战争的多样性和复杂性。同时使得他笔下描述的战争战役，重点突出，错落有致，疏密相间，虚实照应；铺排战争场面，大肆挥洒，波澜起伏，风驰电掣，气势磅礴。

　　《三国演义》的艺术造诣很深，影响深远，是中国历史演义小说中的佼佼者，也为后代历史小说创作提供了学习的楷模和借鉴。它由汉末各个军阀之间的兼并战争直写到晋统一全国，前后近百年，事多人众，头绪纷繁。但由于作者匠心独运，以曹、刘双方矛盾斗争为主线，或实写或虚写，或详写或略述，或插叙或倒叙，精心编结，主次分明，有条不紊，构成一个既宏伟壮阔，又不失严密精巧的艺术整体。

　　全书四百多个人物形象中，不管是曹操、刘备、孙权这些群雄之首，还是诸葛亮、关羽、张飞、赵子龙、黄忠、鲁肃、周瑜、黄盖、郭嘉、许攸、张辽、陆逊以及王允、董卓、吕布这些巨谋勇将、忠奸之臣，都具有鲜明生动的个人特征。尤其是对张飞、诸葛亮和曹操的形象塑造，真可谓出神入化，呼之欲出。也让读者深深地为他们的艺术形象所折服。

罗贯中的传世之作《三国演义》，体现出了他的博大精深之才。后来的很多学者和作家都给予他极高的评价，把他同司马迁、关汉卿相提并论。由于他主张国家统一，热爱中华民族，弘扬民族传统美德，痛恨奸诈邪恶，所以他的作品中也饱含着爱国热情。

罗贯中伟大的文学创作成就，成为中国文学、世界文学宝库中的珍贵财富。他所创作的《三国演义》，不仅在国内家喻户晓，妇孺皆知，而且被翻译成十多个国家的文字，风行全世界，受到世界各国人民的喜爱。在国外，他的《三国演义》被称之为"一部真正具有丰富人民性的杰作"，而他自身也不愧为一代小说大家！

《水浒传》：英雄的传奇

"呜呼！天下之乐，第一莫若读书；读书之乐，第一莫若读水浒；不读水浒，不知天下之奇。天下之文章，无有出水浒右者。"

明末清初最著名的小说戏曲评点家，中国文学批评史上贡献卓著的理论大师金圣叹，在读完《水浒传》之后如是说。

《水浒传》是与《红楼梦》《西游记》《三国演义》并列的中国四大名著之一，是一部罕有的描写农民革命斗争的长篇小说，由元末明初著名文学家施耐庵创作完成。

施耐庵，字彦端，别号耐庵。他博古通今，才气横溢，是罗贯中的老师。相传施耐庵是船家子弟，中过秀才、举人和进士，还曾在钱塘（今杭州）任官。因与当权者不合，任期不满便辞官回苏州。弃官归故里后，他开始闭门著述，搜集整理关于梁山泊宋江等英雄人物的故事，最终写成《水浒传》。明朝初年，施耐庵北归兴化，明初丞相刘基来访时，欲举荐他为官，但他辞而不就，最后在淮安

去世。

　　《水浒传》是施耐庵的毕生心血之作。经他整理创作的这部《水浒传》，其整体故事围绕着两个方面展开：一个是充斥着腐败、昏庸的宋朝官场；另一个则是群英荟萃的水泊梁山。《水浒传》的开端便是一场由"乱自上作"引发的起义，统治者上起徽宗皇帝、大臣，下至地方贪官污吏、土豪恶霸乃至吏役狱卒，全国上下，朝廷内外，形成一张统治网，公然用恶。

　　取材于北宋末年宋江起义的故事的《水浒传》，具有深远的历史意义。

　　宋朝太尉高俅原本是个无赖，因为会踢球，得到了皇帝的赏识，从此青云直上，无恶不作。他的干儿子高衙内横行霸道，为了霸占八十万禁军总教头林冲的漂亮妻子，就设计诬陷林冲带刀进入军机重地白虎堂图谋不轨，把林冲发配充军，还想在野猪林半路把他杀死，幸亏花和尚鲁智深仗义相救。太师蔡京过生日，他的女婿搜刮十万贯金银财宝，送往京城庆贺，派杨志护送。晁盖、吴用、阮氏三兄弟等人定计智取生辰纲，事后与朝廷激战，最终他们一块投奔梁山。又有打虎英雄武松因为西门庆勾结大嫂潘金莲害死大哥武大郎，因而将他们杀死，被判充军，最终经历一系列波折，他也被逼上梁山。此外还有宋江、鲁智深等众多好汉，共一百零八人，最终都因为种种不同原因而被迫在梁山落草为寇，揭竿起义。他们举起义旗，打着"替天行道，劫富济贫"的口号，以梁山泊为中心，联合各山头，形成了强大统一的组织，取得了大规模战争的胜利，挫败官府和朝廷的"进剿"，沉重地打击了反动统治者的嚣张气焰，张扬了人民群众的神勇斗志，揭示出农民革命斗争的规律。然而这样如火如荼的战斗，最终都有一个归向——梁山英雄们接受了招安。宋江受招安后，朝廷想"尽数剿除"，于是派他们去征辽、征方腊，梁山好汉因此死伤离散，剩下的宋江、卢俊义、吴用这样的领袖人物，也被御赐药酒毒死或伤心自杀。一场惊天动地、轰轰烈烈的起义，一百零八位英雄只落得风流云散的悲剧结局。

《水浒传》真实地叙写了起义斗争的发展过程。故事情节以人物为中心展开，人物一个个出场，故事一件件展开；上一个人物故事结束时，由事件和场景的转换牵出另一个人物，开始下一个故事；结构单纯而不单调，情节波澜起伏，引人入胜。这样的结构同时也成功地塑造了既真实又带有强烈传奇色彩的一百零八位梁山好汉。虽然人数众多，但每个人的面目都很清晰，李逵的心粗胆大、率直忠诚；鲁达的粗中有细、仗义刚正；武松的勇武利落、心思精细；林冲的忍让；宋江的谦恭；吴用的足智多谋等等都被刻画得惟妙惟肖、特点鲜明。如"武松打虎"这段故事情节的描写，突出了武松勇武利落的硬汉形象：

"武松回家探望哥哥，途中路过景阳冈。在冈下酒店喝了很多酒，踉跄着向冈上走去。行不多时，只见一棵树上写着："近因景阳冈大虫伤人，但有过冈客商，应结伙成队过冈，请勿自误。"武松认为，这是酒家写来吓人的，为的是让过客住他的店，竟不理它，继续往前走。太阳快落山时，武松来到一破庙前，见庙门贴了一张官府告示，武松读后，方知山上真有虎，待要回去住店，怕店家笑话，又继续向前走。由于酒力发作，便找了一块大青石，仰身躺下，刚要入睡，忽听一阵狂风呼啸，一只斑斓猛虎朝武松扑了过来，武松急忙一闪身，躲在老虎背后。老虎一纵身，武松又躲了过去。老虎急了，大吼一声，用尾巴向武松打来，武松又急忙跳开，并趁猛虎转身的那一霎间，举起哨棒，运足力气，朝虎头猛打下去。只听"咔嚓"一声，哨棒打在树枝上。老虎兽性大发，又向武松扑过来，武松扔掉半截棒，顺势骑在虎背上，左手揪住老虎头上的皮，右手猛击虎头，没多久就把老虎打得眼、嘴、鼻、耳到处流血，趴在地上不能动弹。武松怕老虎装死，举起半截哨棒又打了一阵，见那老虎确实没气了，才住手。"

短短的一段刻画便将武松的勇武利落、心思精细全都表现出来了，可见施耐庵文笔的独到。

由这样的表层描绘，却可以看出《水浒传》其中隐藏着的"水浒精神"。这一精神可以用"忠""义"二字概括。

忠，即是对自己的国家，对自己身边的亲人、朋友尽心竭力。宋江在种种威逼利诱之下，仍然对自己的国家忠心耿耿，这就是忠；林冲的妻子在林冲被逼上梁山之后，对高俅之子的凌辱，宁死不屈，最终上吊自杀，这也是忠。

义，《水浒传》中一百零八个好汉作为兄弟，为朋友赴汤蹈火，两肋插刀，都只是为了一个义字；为人民除暴安良，出生入死，也只为一个义字，梁山上飘扬的那面"替天行道"的大旗便是义的最深刻体现。由此可见，义字虽然只有三笔，有时却要用一个人甚至一群人的生命去写就。北宋是儒学鼎盛的时期，但是真正的义却偏偏被一帮起义的"匪徒"所施行，而那些口口声声讲着义的官员权贵们，却满是腐败和黑暗，这是何等的讽刺和批判，可见这"义"的精神是多么的难能可贵。

　　《水浒传》的语言也是很有特色的。它是以元末明初北方口语为基础，经过加工后写出的，所以整部小说的语言具有明快、洗练的特点。如写鲁达三拳打死"镇关西"郑屠，第一拳"正打在鼻子上，打得鲜血迸流，鼻子歪在半边，却便似开了个油酱铺，咸的，酸的，辣的，一发都滚出来。"既通俗，又生动。《水浒传》的语言还生动准确，富有表现力。如写鲁智深打店小二时，"鲁达

大怒,扎开五指,去那店小二脸上只一掌。"用"大怒"和"一掌"还不足以表现鲁达之愤怒,而用了一个"开"字,便完全表现出了其神韵。

  《水浒传》作为中国英雄传奇小说的集大成者,其在很多方面都有着重大意义。它是一部英雄的颂歌、是一部勇力和智慧的颂歌。这些绿林英雄各有一身本领和满腔义气,热衷于闯荡江湖,广结朋友,或啸聚山林,打家劫舍;或扶困济危,除暴安良。面对强大的罪恶势力,他们勇于起来反抗,除恶务尽;面对弱势阶层,他们敢于抱打不平,伸张正义。他们皆具有光明磊落、敢作敢为的人格精神,见义勇为、恩怨分明的道德原则,四海之内皆兄弟的侠肝义肠,充分表现出草根阶层对社会公道、对社会正义的朴素向往。

  此外,《水浒传》所创造的英雄传奇的体式,也为后世的同类小说提供了模本;它同时也是中国长篇侠义小说的开山之祖,《三侠五义》等一系列公案侠义小说都深受它对市井生活的生动描写以及当时民情习俗的形象展现的影响,注重对世情的描绘。另外,它还与《三国演义》一起形成了中国古代长篇小说创作的第一座高峰,奠定了古代长篇小说的民族形式和民族风格。

  作为英雄传奇小说,《水浒传》自产生至今其影响一直颇为巨大。朝鲜最早的小说之一《洪吉童传》和日本曲亭马琴的著名史诗小说《南总理见八犬传》均是受《水浒传》影响产生的。在19世纪时,《水浒传》开始传入欧美。德国、英国、法国等国家都对《水浒传》进行了翻译,欧美民众通过这部名著加深了对中国古典文学和传统文化的认识。

《西游记》:佛道的神话

  《西游记》取材于唐代玄奘取经这一真实的历史事件。

公元629年，唐朝僧人玄奘从凉州偷渡出关，只身赴印度学习佛教教义。经过16年的游历，在644年回国，并向唐太宗写信报告了情况。唐太宗下诏让他口述西行见闻，玄奘本人口述，由他的弟子辩机执笔写出《大唐西域记》。在玄奘逝世后，他的另外两名弟子慧立、彦悰将玄奘的生平以及西行经历又编纂成一本《大慈恩寺三藏法师传》，为了弘扬师傅的业绩，在书中进行了一些神化玄奘的描写，这被认为是《西游记》神话故事的开端。

　　北宋、元代、明代等均有相关的书籍出现，直至今天《西游记》的最后作者仍无定论。清代乾隆年间，吴玉搢在《山阳志遗》中首先提出《西游记》的作者是吴承恩，但未产生很大的影响。直到本世纪20年代，经鲁迅、胡适等人的认定，《西游记》的作者是吴承恩的说法就几乎成了定论，此后出版的小说和史论，一般都将《西游记》归之于吴承恩的名下。

　　吴承恩，字汝忠，号射阳居士，淮安山阳（今江苏淮安）人。幼年"即以文鸣于淮"，但屡试不第，约四十岁时，始补岁贡生。因母老家贫，曾出任长兴县丞两年，"耻折腰，遂拂袖而归"。后又补为荆府纪善，但可能未曾赴任。晚年放浪诗酒，终老于家。吴承恩一生不同流俗，刚直不阿。

　　《西游记》虽然是吴承恩晚年写成的，但他一生的经历和爱好对其起了至关重要的作用。吴承恩自幼喜欢读野言稗史，熟悉古代神话和民间传说。小时候，吴承恩经常跟从父亲遍游淮安近郊的古寺丛林，听来许多优美神奇的神话故事。科场的失意、生活的困顿使他对科举制度和黑暗的社会现实深恶痛绝，于是产生了用志怪小说表达内心不满的想法。正如他所说："虽然吾书名为志怪，盖不专明鬼，实记人间变异，亦微有鉴戒寓言焉。"50岁左右，他写了《西游记》的前十几回，后来因故中断了多年，直到晚年辞官离任回到故里，他才得以最后完成《西游记》的创作。

吴承恩生活在弘治到万历时期，这一时期正值宦官专权、奸臣横行的年代。政治黑暗，统治阶级荒淫腐朽，社会矛盾日趋尖锐。刚正不阿的吴承恩对于这种腐败堕落的社会深表不满，《西游记》这部作品深刻揭露和批评了黑暗的社会现实。

《西游记》是一部神话小说，共一百回，主要写美猴王孙悟空战胜妖魔，保护唐僧去西天取经的故事。全书可分为三部分：第一部分（第1—7回），叙写孙悟空的来历，交代它被众猴拥立为王，得道成仙，大闹天宫，结果被如来佛降伏在五行山下；第二部分（第8—12回），写唐僧出世、唐太宗入冥故事，交代去西天取经缘由；第三部分（第13—100回），写取经的经过，这是全书的主体，主要写孙悟空、猪八戒、沙悟净、小白龙保护唐僧前往西天取经，途中战胜九九八十一难，最终到达西天，取得真经，修成正果的故事。

《西游记》作为四大名著之一，凭借自己独特的艺术风格，被广大读者所熟知。首先是其鲜明的浪漫主义特色。在这部作品中吴承恩将故事人物做了神怪化、动物化的处理，赋予了其神话色彩，巧妙地将神话故事和现实生活结合在一起。在诙谐幽默的神话故事背后却隐藏着丰富深刻的人生哲理，发人深省，是一部老少皆宜的大众作品。袁珂先生就说过："神话的影响基本上表现在积极浪漫主义精神和浪漫主义表现手法两个方面，《西游记》兼而有之。"民间素有"老不看三国，少不看西游"的俗语，大人们生怕想入非非的孩子听信了书中的神话，而导致某种荒唐的举动，可见作者笔下的神话达到了出神入化的境地。

《西游记》的浪漫主义色彩首先表现在其人物的刻画上，孙悟空和猪八戒这两个非人类，竟能跟随唐僧西天取经。师徒四人同甘苦、共患难，相处融洽，这本就是违反了常理，正是这种反常之事却在这部小说中成为平常之事。而孙悟空的金箍棒，大到能上天入地，小到可以放进耳朵里；铁扇公主的芭蕉扇，既可灭火焰山的火，也可放在口中；小说中各种妖魔鬼怪、神仙能人，无不让人瞠目结舌。在这些看似美丽的虚幻背后，恰恰隐藏了朦胧的现实主义，作者透过浪漫主义的表现手法，达到了现实的目的。小说中的种种人物和情节构成了这部作品的浪漫主义基本特征。

《西游记》中的人物特点鲜明、各具特色。在人物刻画过程中，作者将其神性、社会性和自然性作了有机的结合。这部作品中基本贯穿始终的四大人物是唐僧、孙悟空、猪八戒、沙僧，四人的性格各不相同，也使故事情节丰富多彩。

唐僧是取经过程中的核心人物。他诚心向佛、性情温和却又固执死板。取经前他向唐太宗保证说："我这一去，定要捐躯努力，直到西天，如不到西天，不得真经，即死也不敢回国，永堕沉沦地狱。"在取经途中，一介肉体凡胎在面对众多妖魔鬼怪时也不惧怕，而是一直坚持自己的佛教信念，坚信自己能到达西天。而正是因为唐僧这一人物在作品中举足轻重的地位，才

使作品更加充满了浓重的佛教色彩。但读过《西游记》的人，都多多少少会讨厌唐僧，因为他有着自身固有的缺点。最让读者印象深刻的莫过于他的固执、是非不明。因为他多次不听孙悟空的嘱咐，最终落入妖精手中，但仍执迷不悟，拖了徒弟们的"后腿"。

孙悟空是在取经过程中贡献最大的一个徒弟。他本为石猴，得日月之精华，精明能干、疾恶如仇，但是骨子里透着一股野性，狂放不羁。读者对于孙悟空的评价大多是积极正面的，虽然他做事经常欠考虑，会胡来，但是在孙悟空身上总有一种英雄主义的气息，有一种"天行健，君子以自强不息"的积极精神。

猪八戒是这部作品的一个笑点。他好吃懒做，贪财贪色，时而愚钝、时而机灵。但不论怎样，在取经过程中他也立下了汗马功劳。从作品塑造的角色来讲，没有八戒的反面衬托，也就突显不出悟空的正直和唐僧对佛祖的忠诚。

沙僧在整部作品中算是一个中性人物，看似在取经过程中的作用不大，但是正是沙僧这一中性人物，对于调和其他个性鲜明的三人起到了重要的作用。而且沙僧性格温和，信念坚定，始终有一种前进的力量。

鲁迅曾说过："吴承恩撰写的幽默小说《西游记》，里面写到儒、释、道三教，包含着深刻的内容，它是一部寓有反抗封建统治意义的神话作品。吴承恩本善于滑稽，他讲妖怪的喜怒哀乐都近于人情，所以人人都喜欢看。"正如鲁迅先生所说，《西游记》受到大家的广泛好评，是一部老少皆宜的作品。这部小说也曾多次被拍成电视剧，深受大家的喜爱。但正因为如此，也很容易让大家仅看到这部作品的娱乐性，而忽视了其深层含义。

在《西游记》中作者借妖魔的恶行来隐喻封建社会的邪恶势力。而唐僧师徒的沿途见闻和奇遇，无情地揭露了人间君主的荒诞行径。妖怪能横行除了妖怪有一些本领之外，最重要的是昏庸的君主给了他们机会。有的国王竟听信妖言，欲挖人心做药引子；有的国王昏聩可笑，让妖怪把持朝政，误国害民。这种描述在全书中占有不少的篇幅，其矛头所向，已不言而喻。而小说中各个人物所代表的现实意义，也需要世人进一步地去探索。因此这样一部看似浅显易懂的小说，其实有着很深的艺术价值和现实价值，离开现实主义单纯去欣赏其中的浪漫主义，有可能导致理解的偏颇。

《聊斋志异》：鬼狐的异化

《聊斋志异》是蒲松龄的短篇文言小说集，"聊斋"是其书斋名，"志"是记述的意思，"异"指奇异的故事，指在聊斋中记述奇异的故事。其中的故事大致分为四类：人与人或非人之间的友情故事；不满黑暗社会现实的反抗故事；讽刺不良品行的道德训诫故事；记录各地奇闻怪事的文章。

蒲松龄，字留仙，山东淄川人。他出生于一个功名并不显赫的书香世家，受学识广博的父亲影响，从小接触儒家思想，积累了深厚的文学修养，而童年在农村生活的经历，又使其关心民间疾苦。造化弄人，19岁的留仙参加县府考试，以县、府、道试第一名的成绩考中秀才，看似前途一片光明，然而在之后的科举中他屡不得志，满腹学识却无处施展，直到46岁时被补为廪膳生，71岁时才被补为岁贡生。蒲松龄的一生可谓贫寒拮据，仅靠着教书、幕僚这点微薄的收入维持生计。他曾以"久典青衫唯急税，生添白发为长贫"的诗句描述了自己穷困的生活境况。

孟子曰："天将降大任于斯人也，必先苦其心志、劳其筋骨、饿其体肤、空乏其身、行拂乱其所为，所以动心忍性，曾益其所不能。"这句话用在蒲松龄身上再合适不过，凄苦窘迫的生活让他看透了科举制度的腐败，也为他创造了深入接触下层人民的机会，这种机会对于爱好民间传说和鬼怪故事的蒲松龄来说，尤其珍贵。

蒲松龄的一生都在为这部伟大的作品做准备，其父蒲槃曾弃儒经商，但学识广博，博览群书，这对蒲松龄产生了巨大影响。背负着光宗耀祖的重任，他十一岁开始读书，最初是《三字经》《四书》《五经》，而后诸子百家无不涉猎，这使蒲松龄积累了深厚的文学功底。而其本人也深受儒家文化的影响，蒲松龄的各部重要作品中都充满了儒家忧国忧民的思想，这种影响不仅源于其阅读的儒家书籍，还有父亲的榜样作用。蒲槃的日常言行举止践行了儒家的伦理道德，蒲松龄曾这样评价父亲："得金钱辄散去。值岁凶，里贫者按日给之食，全活颇众。"良好的文化氛围和父亲的榜样作用，让蒲松龄的修养得到了很大的提升，这为《聊斋志异》的创作打下了坚实的基础。

仕途的坎坷是蒲松龄创作这部作品的重要原因。因其一生都在追求仕途的道路上奔波，但不得志，因此蒲松龄对于科举制度

的黑暗有切身的体会。《聊斋志异》中不乏对于科举制度腐败的揭露，其中贪官横行、官官相护，舞弊之风盛行，而真正有才之人却迟迟得不到重用；而科举制度本身也有不可弥补的缺陷，死记硬背的备考方式也限制了很多学子的思想。其中《司文郎》一篇就比较有代表性。

在一年科举考试中，颇有才华的王生名落孙山，而才疏学浅、目中无人的余杭生却金榜题名。在得到才高八斗的宋生资助之后，王生更加发奋努力，但第二年却因违反考场规则，被取消考试资格。此时，宋生大哭不止。原来宋生是一个少年不得志的游魂，已被引荐的官署录用，想看到王生考中后再离开，而此刻他不想连累王生而不得不离开。后来宋生给王生托梦，说王生从前因一点怒气而误杀了一个婢女，在福禄簿上削去了官职、功名，在他积累善行之后终于将罪过赎掉。但终究还是没有做官的希望。后来王生考中举人和进士，他听取了宋生的建议，并没有做官。从这一篇章中不难看出作者对于当时科举制度以及朝廷官员的讽刺，同时也抒发了作者怀才不遇的悲愤之情。而文中一句"仆虽盲于目，而不盲于鼻；帘中人并鼻盲矣"，更是直接批判了阅卷官员的昏庸。当然，其中蕴含的关于人命天注定的说法也带有一定的封建迷信色彩。

蒲松龄搜集民间传说的爱好也对作品的产生有着重要影响。蒲松龄"雅爱搜神"："松，落落秋荧之火，魑魅争光；逐逐野马之尘，魍魉见笑。才非干宝，雅爱搜神；情类黄州，喜人谈鬼：闻则命笔，遂以成编。"（《聊斋自志》）

《聊斋志异》中的素材主要有三种来源：民间传说、现实中的重大事件和其他书籍中的记载。这些素材成为蒲松龄表达内心愤恨的载体。而鬼怪神话的特殊性也让这部作品的情节神奇变幻。

这部作品的中主人公大多是鬼怪狐仙，看似虚幻不定，却有着深刻的现实根基。他们大多来源于人类社会，或赞扬道德的善，或抨击社会的黑暗，作者正是运用这种巧妙的手法深入浅出，将作品要表达的思想内容反映在人们容易理解的鬼怪身上。虚幻的世界其实便是真实世界的影射，在这个世界中有善良可亲的人、也有横行霸道的豪绅地主、也有黑暗腐败的政治，聊斋的世界便是一个丰富多彩世界，也是一个平民备受压迫的世界。《黄英》《素秋》《席方平》是这一风格的代表篇。

《席方平》是《聊斋志异》里的名篇，它通过席方平到冥府、城隍为父申冤的故事，影射了当时黑暗的社会现实。而作者在此将席方平复仇的地点选为地狱，就是以此暗示人间和地狱一样黑暗。读者可能会想，地狱比现实更恐怖，为何还要以打官司的方式为父报仇？此处又表现了作者的高明之处，一方面席方平寄希望于司法，另一方面也更表现了司法制度的黑暗。人间和地狱一样黑暗，到处都是狼狈为奸的官吏和地主豪绅。此篇文章的结局倒是大快人心：贪官收到了惩治，其父沉冤得雪。这也说明作者对社会还抱有希望，也体现了作者正直的儒家思想。

蒲松龄的一生几乎都在农村生活，与下层人民的深入接触也是其创作这部作品的一个重要原因。书中的文字无不表达了蒲松龄对于人间纯洁爱情的赞颂、对于为爱情和努力争取的底层妇女和穷书生的赞美。

《聊斋之鸦头》讲述的是狐仙鸦头和书生王文一段凄美的爱情故事。鸦头的母亲和姐姐逼鸦头化做人形，并在青楼中为妓，迷惑嫖客，为她们带来暴利。公子王文和鸦头相爱并成功私奔而逃，但好景不长，鸦头被老狐狸精抓了回去并软禁，此时鸦头已经身怀有孕。王文苦恋鸦头，十年间多处寻找，终于在京中巧遇自己和鸦头的儿，十岁的王孜。王孜长到十八岁，专能杀狐，成功救母而回，这才一家团圆。鸦头出身低贱，为人却清高，蒲松龄认为鸦头像魏徵一样有气节。蒲松龄别出心裁地把微贱的妓女鸦头，提升到与封建社会台阁重臣相等的地位。可见蒲松龄已经将自己和下层人民联系在一起。

《聊斋志异》是一部积极浪漫主义的作品。它的浪漫主义精神，主要表现在对正面理想人物的塑造上，特别是表现在由花妖狐魅变来的女性形象上。另外，也表现在对浪漫主义手法的运用上。作者善于运用梦境和上天入地、虚无变幻的大量虚构情节，冲破现实的束缚，表现自己的理想，解决现实中无法解决的矛盾。蒲松龄本人也将这部作品看做其一生中最重要的作品，通过小说反映历史的真正面貌，提出了尖锐的社会问题。因而，直面社会现象，揭露社会问题才是蒲松龄创作《聊斋志异》的目的，通过《聊斋志异》，蒲松龄对这些社会问题进行了大胆的揭露，无情的批判，对突破这些社会问题的行为进行了热情的讴歌。

《聊斋志异》是一部蒲松龄抒发怀才不遇的愤世之作，同时也是一部文学价值极高的、极具浪漫主义色彩的旷世奇作。创作《聊斋志异》耗费了蒲松龄毕生精力，从三十一岁开始创作到七十岁左右完成初集，历时四十多年。这部作品在中国文学史上得到了极高的评价，以其浪漫性和讽刺性受到广泛的好评。蒲松龄的同乡好友王士禛曾为《聊斋志异》题诗："姑妄言之姑听之，豆棚瓜架雨如丝。料应厌作人间语，爱听秋坟鬼唱诗（时）。"郭沫若也曾评价聊斋"画人画鬼高人一等，刺贪刺虐入骨三分"。可见其文学价值之高。

《儒林外史》：官场的写真

《儒林外史》是由清代小说家吴敬梓创作的章回体长篇小说。全书共五十六回，约四十万字，描写了近两百个人物。小说假托明代，实际反映的是康乾时期，科举制度下读书人的功名和生活。

吴敬梓，字敏轩，号粒民，又号秦淮寓客、文木老人，安徽全椒人。他出身于仕宦名门，从小就受到良好教育，尤其是文学创作方面很有才华。13岁时他的母亲去世，于是随父亲到各处做官，以此有了机会获得包括官场内幕的大量见识。23岁时随父还乡，次年父亲也去世了，而这时吴敬梓中了秀才。在这种悲喜交加的情况之下，家族内部展开了一场权力与财产再分配的斗争。吴敬梓势单力薄，于是他的财产便被亲属侵占了。

面对这种局面，吴敬梓失望之极，于是便从此开始了放荡不羁的生活，甚至将剩下的家产全都挥霍殆尽。29岁时，他曾到滁州参加乡试，成绩优良，然而因为他的放荡生活已被全乡人熟知，所以主考官虽认可他的才华，名列第一，但并没有录取他。吴敬梓再次失望痛苦，在满怀愤懑的情怀之下，去了南京。

然而，生活并没有像他想象的那样重新开始。在南京，他的生活再次陷入困顿，甚至一度到了饿肚子的境地。但这样的境况却使得他结交了一些真正的博学之士、有识之士以及社会下层人物。极大地扩展了他的生活视野，为他的创作积累了生活的经验，同时也提高了他的认识水平和生活觉悟。

公元1735年，吴敬梓被举荐参加了博学鸿词科的院试。此时已是中年的吴敬梓，经历了这些变故，既无心做官，对虚伪的人际关系又深感厌恶，无意进取功名。于是第二年，他便以病为由，拒绝了赴京廷试，并且从此与科举制彻底决裂。

吴敬梓晚年生活更为贫苦，最终在1754年病逝于扬州。

吴敬梓生活在中国封建社会由盛转衰的转折时期，他一生经历了清朝康熙帝、雍正帝、乾隆帝三代。并且他一生基本上都处于游历的状态，这为他《儒林外史》的创作打下了坚实的基础。

吴敬梓见识到了当时社会的真实情况。资本主义生产关系萌芽的出现，使社会呈现了一定程度的繁荣，但这只是处于灭亡边缘的封建社会的回光返照而已，表面的繁荣掩盖不了它封建社会制度早已腐朽堕落的事实。

雍正、乾隆年间，清朝统治者打着镇压武装起义的旗帜，同时大兴文字狱，设立了博学鸿词科来作为诱饵，通过考八股、开科举来牢笼学士，提倡理学以统治思想等方法来对付知识分子。于是知识分子们便开始堕入追求利禄的圈套，成了愚昧无知、卑鄙无耻的市侩。在这种社会风气之下，吴敬梓看透了这种黑暗、腐朽的政治，强烈反对八股文，反对科举制度，不愿参加博学鸿词科的考试，更加憎恨那些为图名利而不择手段的士人们。

于是他便把这些观点全都倾注在了《儒林外史》里。通过讽刺的手法，对这些丑恶的事物尤其是科举旧制度进行了深刻的揭露和有力的批判，一定程度上显示出了他的民主主义思想。

《儒林外史》正是由许多个看起来生动却别有深意的故事组合起来的。以真人真事为原型塑造的这些故事，虽没有一个主干，可是却有一个中心内容贯穿其间，那就是抨击僵化的考试制度和由此带来的严重社会问题。最精彩的便是第三回的"范进中举"。

明宪宗成化末年，山东兖州府有一位教书先生，名叫周进，已经60多岁了，但是为了能够出人头地，荣耀乡里，他屡次参加科举考试，却连秀才都没中。

有一天，他走进了省城的贡院。因为触景生情，悲痛不已，激动之下，他一头撞在了号板上，不省人事。众人惊慌，赶紧将他叫醒，没想到他醒后，竟如精神失常一般，满地嚎哭着打滚，口中鲜血直流也不停止。正好被路过的几个商人看见，见他这样可怜，便在了解了情况之后，凑了二百两银子替他捐了个监生。

过了不久，周进就凭着这个监生的资格考中了举人。顷刻之间，大家都来向他认亲，连他教过书的学堂也供奉起了"周太老爷"的

"长生牌"。一时之间，他成了乡里的骄傲，再也没有人看不起他了。这样过了几年，他又考中了进士，顺利当官，升为了御史，并被指派为广东学道。

广州有一个人名叫范进，他50多岁了竟还是个童生，家中穷苦不堪，因多次考试都落榜，在乡里遭受着大家的冷眼，甚至连自己的妻子、丈人都瞧不起他。因为范进的境遇与周进相似，所以为了照顾这个54岁的老童生，他把范进的卷子反复看了又看，字字认真地品读，终于发现了他所作文章的精彩之处，于是便将范进录取为秀才。并支持范进参加应试考试，没想到中了举人。

这一天范进跟往常一样，在家里备受妻子的冷眼以及老丈人对他百般呵斥。当他正在为家里揭不开锅，等着卖鸡换米而发愁时，传来了他中举的喜报。毫无预兆的范进，被人从集市上找了回来，知道喜讯后，他难以置信，觉得实在是不可能的事。然而当他回家亲眼看到喜报后，太过高兴，竟然发了疯。情急之下，大家都在商量着救他，想来想去，他最怕他的丈人，于是就让他的丈人来打他，让他清醒。他老婆没办法，只有答应了。但是丈人却害怕了。丈人胡屠户原本是一个杀猪的，他担心范进清醒过来后，将来就不理他，所以不敢轻易下手。但是现在这个状况又没有其他的办法，于是让他喝酒壮胆。喝完酒后，胡屠户便开始打范进了。谁知老丈人胡屠户就给了他一个耳光，他就正常过来了，治好了这场疯病。

转眼工夫，范进时来运转，不仅有了钱、米、房子，还有了奴仆、丫环。可悲的是范进年迈的老母亲从未见到这样的境遇，于是欢喜得一下子胸口接不上气，一命归了西天。胡屠户也一反常态，到处说他的女婿是文曲星下凡，对范进更是毕恭毕敬。后来，范进入京拜见周进，并由周进引荐而中了进士，被任为山东学道。范进虽然凭着八股文发达了，但他所熟知的不过是四书五经，在朝为政时更是闹出了很多的笑话。

《儒林外史》正是通过一个个这样极具诙谐而又讽刺的小故事，暗示了科举制度和封建礼教的毒害，讽刺因热衷功名富贵而造成的极端虚伪、恶劣的社会风习。这样的思想内容，在当时无疑是有其重大的现实意义和教育意义的。加上它那准确、生动、洗练的白话语言，栩栩如生的人物形象塑造，优美细腻的景物描写，出色的讽刺手法，使小说成为中国古代讽刺文学的典范，也使作者吴敬梓成为中国文学史上，批判现实主义的杰出作家之一。

《红楼梦》：世情的梦幻

满纸荒唐言，一把辛酸泪。都云作者痴，谁解其中味？

这首诗蕴含着难以言说的愤懑、无助、辛酸等心绪，它出自世情讽刺小说《红楼梦》，而这首诗也成了《红楼梦》的总纲。

《红楼梦》是中国古典长篇小说的巅峰之作，它与《水浒传》《三国演义》《西游记》并称为中国的"四大名著"。作品中涉及了清朝社会生活的各个方面，上至皇亲国戚的奢靡腐败，下到市井小民的贫穷卑微，还穿插着当时饮食、节庆、建筑、法律等民俗文化，被誉为"中国封建社会的百科全书"。然而在这些市井民情的背后，也蕴含着深刻的批判讽刺意义，究其根源，与曹雪芹本人的生活经历有着密不可分的关联。

曹雪芹，名沾，字梦阮，号雪芹，又号芹溪、芹圃，清代著名小说家。曹家自曹雪芹的曾祖父曹玺起，就世袭江宁织造，祖孙三代四人担任此职长达60年之久。此外，他的曾祖母孙氏曾是康熙帝玄烨的奶妈，祖父曹寅还做过康熙的伴读，官至御前侍卫，并兼任两淮巡盐监察御史，极受康熙帝宠信。康熙帝六下江南，其中四次由曹家接驾，其显赫程度可想而知。曹雪芹的幼年就是在如此富足华贵的环境中度过的。但是好景不长,雍正初年,即曹雪芹的少年时代,受到封建统治阶级内部政治斗争的牵连,其父曹頫因事获罪入狱,家族产业被查抄,曹家从此一蹶不振,日渐衰微。告别了锦衣玉食的生活,曹雪芹随家人北迁,饱尝了世事艰辛,晚年移居到北京西郊后,更是过上了揭不开锅的贫苦生活。

然而正是由于曹雪芹这种不凡的人生体验,才使得他苦心孤诣,

耗费十年的时间创作修改的《红楼梦》成为千古绝响。在他的生命中，既经历过奢靡腐败的繁华，同时也满载了食不果腹的困苦。少年时期他感受了从富家少爷一夜间沦落为下层百姓的巨大心理落差，这突如其来的打击，在带给他沉重悲哀和不知所措之外，更重要的是让曹雪芹对于整个时代和社会有了进一步清醒、深刻的认识。曹雪芹早就于冥冥之中感觉到这不过如落日时的最后一抹余晖，即便表面上光鲜灿烂，毕竟不能长久，封建王朝江河日下的局面已是无法挽回。因此，纵使《红楼梦》是在所谓的"康乾盛世"的背景下书写的，但其贯穿始终的悲凉讽刺仍然是浓烈而突出的。

《红楼梦》的故事是由女娲补天剩下的一块因未用而被弃在大荒山无稽崖青埂峰下的石头引起的。这石头某天偶听得茫茫大士、渺渺真人对人世荣华富贵的形容，心下大动，向二人表示愿下凡亲历那些繁华。其时正值神瑛侍者和绛珠仙草的公案需要了结，他们便将这石头携入红尘之中。

人间的故事以乡宦甄士隐开篇，他住姑苏阊门外葫芦庙旁，曾赠银辅助寄居庙内的穷儒贾雨村赶考。然而次年的元宵佳节，他的女儿英莲被拐，接着葫芦庙失火，甄家被烧毁。他带着妻子投奔岳父，忍辱负重勉强维持生计，生活却依旧得不到改善。后经一疯跛道人指点，随其出家。

话分两头，贾雨村顺利做官，但因恃才侮上，不久便被革职。游览至淮扬，被林如海家招去教黛玉念书。不久林如海嫡妻贾氏仙逝，黛玉的外祖母贾母因其丧母，便将她接进了荣国府，该书主要情节从此展开。当时位列四大家族之首的贾家呈现出一派繁荣富贵之景——王夫人、邢夫人、年轻而干练的王熙凤、迎春、探春、惜春三姐妹、衔玉而生的贾宝玉，以及其他公子小姐、丫鬟小厮，还有后到的薛宝钗，使得整个荣国府洋溢着青春的气息。

当初的英莲也被薛蟠买下改名香菱，跟随宝钗进府。其后在某次,同宗的宁国府的众人邀请宝玉等赏梅之时,曹雪芹借宝玉梦游太虚幻境所见所闻的一系列图册、乐曲等暗示了小说的悲剧结尾。不多时秦可卿病逝,通过她铺张盛大的葬礼场面,曹雪芹展现出贾家富足的生活。接着贾政长女元春加封贤德妃,皇帝恩准省亲,逐渐将贾家推入极盛的顶峰。

为迎接大典,贾政主持修建大观园。元春因念自己回宫空留着大观园无用,便作主将园子给姑娘们和宝玉住。此后相继发生了宝钗扑蝶、黛玉葬花、晴雯撕扇、宝黛共读《西厢》、结海棠社、刘姥姥一进大观园、紫鹃试宝玉、香菱学诗、黛玉重建桃花社等经典情节。而在这些事件发展的同时,宝玉和黛玉的感情也在日常的吵闹中日渐笃厚。在这些时日里,虽然也多多少少有着纷争、痛苦、死亡,但毕竟还是以欢乐、祥和、繁华为主。

故事真正的转折是从傻大姐无意中自园子中捡到一个绣有春宫画的香囊为发端的,王夫人大怒之下,受王善宝家的教唆对大观园进行抄检。而后贾府中秋开夜宴,贾母邀众人至凸碧山庄赏月,其间她感叹人丁减少,热闹景象不似当年,小说由盛及衰直转急下。从此,贾府的悲剧愈演愈烈。先是晴雯抱屈含恨而死;薛蟠受其妻夏金桂挑唆,毒打香菱;元妃染病,在贾母、贾政等前往宫内探视后不久便离世了;探春远嫁;惜春看破红尘、遁入空门,紫鹃陪伴左右;尤氏在园中见鬼,宁国府上下相继病倒;贾府遭遇抄家,贾赦、贾珍发配边疆,荣宁二府大乱;迎春因不堪丈夫折磨虐待自尽;史湘云丈夫暴病身亡,致使其青年守寡;贾母寿终归地府,鸳鸯殉主;何三引贼盗至贾府,妙玉为贼人掳不知所终;赵姨娘中邪身亡;王熙凤丧命;香菱因难产而死……但是在一连串的悲剧中,最让人肝肠寸断的还是宝黛爱情的泯灭。

因通灵宝玉丢失,宝玉变得疯疯癫癫,老太太作主希望成亲给他冲喜。黛玉听到宝玉定亲的消息,愁绪万千,身子一日差似一日,杯弓蛇影，竟至绝粒。而后侍书告诉雪雁宝玉亲事未定，贾母欲亲上做亲，黛玉病情方才转好。但贾母深知宝黛二人心事，主张娶钗嫁黛，凤姐献出掉包计，得到认可便意图瞒天过海地秘密进行。然而事与愿违，黛玉从傻大姐处得知了宝玉娶亲，病情突然恶化，咳血不止，弥留之际她吩咐紫鹃在床边焚烧诗稿，随后大喊着"宝玉，宝玉，你好……"，便泪尽命绝。其时，宝玉在于宝钗成亲的当天发现新娘不是黛玉，旧病陡发，听说黛玉已死，宝玉昏死过去，直至和尚送来通灵宝玉，他才得以死而复生。宝玉两历幻境，看淡了儿女情长、人世冷暖。他听从宝钗的劝勉，宝玉携贾兰拜别王夫人等人出门赴考，哪知宝玉考试完毕就音信全无，直到贾政回京，行至毗陵，才见宝玉在雪中随僧道而去。最后贾雨村与甄士隐重逢，归结了红楼梦。此书的结尾亦有这样一首诗和开篇之作遥相呼应：
"说到辛酸处，荒唐愈可悲。由来同一梦，休笑世人痴！"

有人说《红楼梦》是整个封建社会的缩影，此言着实不虚。因为曹雪芹曾经亲身经历的极富和极贫两种极端的环境，使得他无论对于贵族地主，还是底层民众的日常生活都了如指掌、深有感触。基于这个原因，《红楼梦》中既包含着对被形容为"贾不假，白玉为堂金作马。阿房宫，三百里，住不下金陵一个史。东海缺少白玉床，龙王来请金陵王。丰年好大雪，珍珠如土金如铁"的贾、王、史、薛四大家族的奢华的呈现，也描述了以刘姥姥为代表的下层百姓的贫苦。而作品中着重刻画的四大家族由极盛转为衰落的景象，来源于曹雪芹的真实生活经历，他借此表达出他对于社会深深的讽刺。

《红楼梦》把女性作为主要角色，以"金陵十二钗"各不相同的悲剧命运为明线，"副钗"以及其他男男女女的苦痛遭际穿插其间，并把"为官的，家业凋零；富贵的，金银散尽；有恩的，死里逃生；无情的，分明报应。欠命的，命已还；欠泪的，泪已尽。……看破的，遁入空门；痴迷的，枉送了性命。好一似食尽鸟投林，落了片白茫茫大地真干净"的凄凉惨景作为最终的结局，营造出了浓烈的讽刺意味。作品中的所有年轻的女性形象，上至皇妃、小姐，下到婢女、优伶，都是明艳动人的。初时的她们，个个如刚刚绽放的花朵，娇柔灿烂，曹雪芹极尽铺陈描写，将她们的美好鲜活的生命，清晰立体地呈现于我们的眼前，令人心生爱怜。

然而，如此大费周章的描绘，却是为了反衬她们日后悲戚的命运。随着故事的逐步发展，她们的人生依然如墙外的小花，历经了各自的繁华之后，便相继凋零。不只是她们，全书中无一不是当时社会制度下的牺牲品，在这些人悲剧性结局的背后也暗藏着曹雪芹对于世态炎凉、社会腐朽的辛辣讽刺。